버섯,
백두산의
원시림에서 나오다

버섯,
백두산의
원시림에서 나오다

초판인쇄 2020년 11월 16일
초판발행 2020년 11월 16일

지은이 조덕현
펴낸이 채종준
펴낸곳 한국학술정보(주)
주소 경기도 파주시 회동길 230(문발동)
전화 031 908 3181(대표)
팩스 031 908 3189
홈페이지 http://ebook.kstudy.com
E-mail 출판사업부 publish@kstudy.com
등록 제일산-115호(2000. 6. 19)

ISBN 979-11-6603-156-4 03810

버섯,
백두산의
원시림에서 나오다

조덕현 지음

이담 Books

책머리에

이 책을 쓰면서 생각나는 것들

백두산의 버섯탐사는 언제 사라질지 모르는 버섯의 유전자원을 확보하고 이들을 이용하여 국가 경제 발전에 이바지하는 데 필요한 기초자료를 모으는 데 있다. 기후의 온난화 등 생태계의 파괴로 날로 감소하는 자연자원을 조사 연구할 필요성이 있다는 취지로 시작되었다.

백두산 버섯연구의 시작은 1990년도에 시작하여 2014년도에 『백두산의 버섯도감(I, II)』를 출간함으로써 마무리를 지었다. 거의 25여 년간이나 걸렸다. 이 글은 백두산에서 버섯채집을 하면서 느낀 생생한 기록이다. 여기에 실린 글은 이미 월간 버섯에 발표한 것들이다. 그러나 한정된 잡지라 극소수의 사람만이 보았을 것이다. 그래서 좀 더 많은 사람들이 보았으면 하는 바람에서 다시 단행본으로 정리하였다. 사실 이글들은 대단한 내용이 담긴 것은 아니다. 본인이 버섯 공부를 시작한 지 50년 가까운 세월이 흘렀다. 사실 본인과 참여한 균류 전문학자들이 험준한 백두산을 오르내리면서 연구하였다. 본인은 마치 가시 가시덤불을 헤치고 나오면 모든 것이 수월하리라 마음먹었다. 그러나 앞에는 뜨거운 햇살의 사막 한가운데에 서 있는 기분이었다. 더 험난한 어려움이 앞을 가로막고 있었다. 백두산 버섯도감을 출판하려는 데가 없었기 때문이다. 그렇게 되면 이 책도 발행이 어렵기 때문이다.

이 연구사업은 박성식(마산성지여고) 선생이 중국과의 수교가 안 된 상태에서 어렵사리 비자를 받아서 중국의 친척을 방문한다는 핑계로 백두산(장백산)에서 버섯채집을 시작한 것이 계기가 되었다. 얼마 되지 않는 봉급으로 자기 가족이 살아가는 데도 어려움을 겪던 시절이다. 그러나 불의의 사고로 박 선생이 타계함으로써 중단될 수밖에 없었다. 그러나 우연한 기회에 연변대학 농학원의 김수철 교수를 알게 됨으로써 이 사업이 다시 시작되는 기회가 왔다. 김 교수가 중국길림성장백산 국가급 장백산자연보호관리연구소(中國吉林長白山國家及自然保護區管理研究所)의 왕바이(王柏)를 소개해주어 다시 시작되었다. 본인이 왕바이의 연구비, 카메라 등 장비, 체류비, 기타 부대비용을 감당하는 조건으로 이 사업을 이어 가게 된 것이다. 옆에서 보기에는 간단하고 쉬운 사업이지만 이것을 바라보는 식구들은 더욱 허리띠를 졸라매야 하는 엄청 어려운 일이었다. 들여다보면 백두산 버섯채집에서 드는 연구비, 비행기의 항공료, 체재비, 현지인들의 대우 등등을 헤아려보고 그 외에 부대비용을 고려하면 만만치 않은 경제적 부담이었다.

나는 이 책이 많은 사람들에게 읽히길 바라지만 그것은 나만의 희망 사항이지 현실과는 거리가 멀다는 것을 너무나 잘 알고 있다. 글의 내용이 무슨 재미있는 것도 아니다. 그저 중국 동료와 채집통과 카메라를 메고 백두산의 원시림에서 버섯을 채집하고 사진 찍는 일을 기록한 것이다. 그리고 틈틈이 시간 나는 대로 연변을 중심으로 한 여러 풍물과 거기에서 사는 사람들의 생활상을 기록한 것이다. 우리네 일상생활을 이국땅 중국에서 했다는 것뿐이다. 그렇지만 생각하여보면 중국에서의 연구는 언어가 안 통하고 여러 가지 문화적 차이가 있는 곳에서 이런 일을 한다는 것은 말로는 쉽지만 실제로는 어려움이 많은 일이다.

그러나 백두산에서의 연구가 마무리되는 즈음에 나의 머리에는 어떤 버섯이 얼마나 발생하는가보다는 이런 연구를 왜 하였는가를 우리 젊은 세대들에게 무언가를 느끼기를 바라는 마음도 간절하다. 요즈음처럼 우리 청소년들이 화려하고 스포트라이트를 받는 직업에 너무 열광하는 것이 지나친 것은 아닌가 염려되기 때문이다. 누구도 거들떠보지 않는 곳에서 자기 돈을 쓰면서 묵묵히 일하는 마음을 가지는 청소년도 있었으면 하고 이 글을 쓰게 되었다.

지금 우리는 너무나 힘든 시대를 넘기고 있다. 어떤 사람은 출구조차 보이지 않는 캄캄한 동굴 속에서 헤매는 것 같다고 이야기한다. 그것은 역사상 유례가 없는 코로나19 때문에 모두가 우울하고 무기력한 상황에서 넋 나간 사람 같다고까지 말한다. 과연 지금 어둠을 헤쳐 나갈 수 있는 출구는 보이는가. 출구를 찾아 환한 바깥세상에 나와도 거기에는 더 우리를 암담하게 할 절망적인 세상이 있을지 모른다고 말한다. 이것은 우리가 얼마나 암담하고 처참한 현실에 놓여 있는가를 말하여준다. 인류는 이런 역경을 슬기롭게 잘 넘겨온 것도 사실이다. 인류가 지구상에 출현한 이래로 이런 혹독한 시련을 얼마나 많이 겪을까 생각해본다. 그럴 때마다, 인간들은 뼈를 깎는 고통을 이겨내서 오늘날에 이르렀다. 가시덤불을 헤치느라 가시 등에 손이 찔리고, 할퀴여서 피가 나고, 발은 돌부리에 부딪혀 발가락이 잘려나갈 것 같은 아픔을 참고 원시림 속에서 헤매고 다녔다. 그러나 현실은 찬란한 햇살이 있을 것 같았지만 앞에는 상상도 못 할 뙤약빛에 달구어진 모래사막이 눈앞에 펼쳐져 있는 것 같은 상황이었다. 또다시 극복하고 사막에서 살아남아야 하는 어려운 과제를 떠안고 있었다. 백두산 버섯도감을 출간하려는 출판사가 없었기 때문이다. 집을 팔아서라도 자비 출판을 하려고 견적서도 받아 보기도 하였다. 이런 암담하였던 것을 극복하고 백두산 버섯도감은 세상에 나왔다. 그리고 이 책도 빛을 보게 되었다.

학자들의 예언대로 먼 훗날에 백두산이 폭발하면 그것은 무서운 재앙이 될 것이라고 말한다. 어떤 변화가 있을지는 아무도 모른다. 나는 상상하건데 새로운 분화구가 생기고 화산분출물의 화강암 등으로 새로운 지형이 만들어질 것이다. 분화구를 중심으로 황량한 대지, 풀

한 포기 나지 않는 시커먼 대지가 생겨날지도 모른다. 아니면 분화구를 포함한 커다란 바다 같은 호수가 생길지도 모른다. 그러나 거기에도 생명은 싹틀 것이다.

이런 황량한 들판으로 배낭을 짊어지고 손에는 카메라를 든 균학자가 균류를 채집하러 올지도 모르잖는가. 아득한 먼 옛날에 이곳의 버섯을 연구하러 왔든 학자가 있었다는 것을 안다면 어떤 생각을 할까를 상상하여본다. 화산 폭발 후의 균류상이 어떻게 변했는가를 빛바랜 문헌과 비교하면서 어떤 마음을 가질까를 상상하여본다.

나는 이런 글을 읽을 사람이 많지 않다는 것을 잘 안다. 하지만 남기고 싶은 마음은 간절하다. 이렇게 어려운 역경을 헤쳐 나온 것을 지금의 청소년들이 읽고, 우리 선배의 한사람이 있었다는 것을 이해하는 것으로 만족한다. 그리고 청소년에게 무언가 한 줄기 희망을 주는 빛으로 받아들이는 젊은이가 있기를 바란다. 나는 이글이 별것 아니라고 생각한다. 그렇지만 이런 글이 세상에 빛을 보는 데도 얼마나 어려움이 있었는지 아무도 모른다. 누가 이런 글을 출판하려 하겠는가. 손해가 눈앞에 보이는 데 말이다. 이런 현실을 빤히 알면서 출판사를 설득하여 출간을 결심하였다.

나는 가끔 생각한다. 옛날의 우리 선인들이 쓴 글이 우리 모두에게 감동을 주어서 읽는 것은 아니다. 선인들이 누가 자기 글을 읽어주기를 바라면서 썼겠는가. 어떤 마음으로 쓴지는 모르지만 오늘날 그 글이 우리의 마음의 양식된다는 것을 알고 있다.

이런 글을 읽는 사람들 가운데는 무언가 끝없는 생각을 하는 사람들이 나올지도 모른다. 또 자기의 생활을 비추어보는 거울이 될지도 모른다. 거울이 좋은 것만 보여주는 것은 아니다. 아주 평범하고 별것도 아닌 것을 보면서 자기의 일이 아무것도 아닌 위대한 것이라는 생각을 했으면 한다.

내가 버섯과 인연을 맺은 지 어언 50년이란 세월이 흘렀다. 그 세월 동안 즐거움보다는 고통이 많았다는 것을 나는 고백한다. 이 책도 그런 와중에서 이루어졌다. 별로 희망과 전망이 없는 일을 수십 년 하는 것이 얼마나 부질없는 것이라고 생각도 하겠지만 어느 철학자의 말처럼 지구의 종말이 내일 온다 하더라도 오늘 나는 사과나무를 심는다. 나는 이런 일을 하는 사람이 있어야 인류는 살아남는다고 생각한다. 이 책이 세상에 나오는 데 장장 25년이란 세월이 흘렀다.

아무쪼록 이 책을 통해서 50년 동안 한 우물을 판 사람이 있었다는 것을 기억하기를 바란다. 한 우물을 판 사람이 무언가 이룩한다는 평범한 진리를 피부로 느끼는 사람이 한 사람이라도 있다면 나의 모든 노력은 헛되지 않으리라 스스로 위안을 한다.

2020. 9 조덕현

조덕현

경희대학교 학사
고려대학교 대학원 석사, 박사
영국 레딩(Reading)대학 식물학과
일본 가고시마(鹿兒島)대학 농학부
일본 오이타(大分)버섯연구소에서 연구
우석대학교 교수(보건복지대학 학장)
광주보건대학 교수
경희대학교 자연사박물관 객원교수
한국자연환경보전협회 회장
한국자원식물학회 회장
세계버섯축제 조직위원장
한국과학기술 앰버서더
전라북도 농업기술원 겸임연구관
새로마지 친선대사(인구보건복지협회)
숲해설가 강사(광주, 전남, 대전, 충남, 충북)
WCC총회 실무위원

[방송]
〈과학의 미래〉(YTN)
〈마이산 1억 년의 비밀〉(KBS)
〈숲속의 잔치〉(KBS)
〈싱싱 농수산〉(KBS)
〈조덕현 버섯〉(HCN)

[버섯 DB 구축]
한국의 버섯(북한버섯 포함): http://mushroom.ndsl.kr
가상버섯 박물관: http://biodiversity.re.kr

[저서]
『균학개론』(공역)
『한국의 버섯』
『암에 도전하는 동충하초』(공저)

『버섯』(중앙일보 우수도서)
『원색한국버섯도감』
검인정교과서 『고등학교 생물1』 공저
『한국의 버섯』: koreana 잡지(외교통상부 발행) 5개 국어로 소개(영어, 일어, 중국어, 스페인어, 프랑스어)
『푸른 아이 버섯』
『제주도 버섯』(공저)
『자연을 보는 눈 "버섯"』
『나는 버섯을 겪는다』
『조덕현의 재미있는 독버섯 이야기』(과학창의재단)
『집요한 과학씨, 모든 버섯의 정체를 밝히다』
『한국의 식용, 독버섯 도감』(학술원 추천도서)
『옹기종기 가지각색 버섯』
『한국의 버섯도감 I』(공저)
『버섯과 함께한 40년』
『버섯수첩』
『백두산의 버섯도감 1, 2』(세종우수학술도서)
『한국의 균류 1: 자낭균류』
『한국의 균류 2: 담자균류』
『한국의 균류 3: 담자균류』
『한국의 균류 4: 담자균류』(학술원 추천도서)
『한국의 균류 5: 담자균류』
『한국의 균류 6: 담자균류, 변형균류』 외 다수

[수상]
황조근조훈장(대한민국)
자랑스러운 전북인 대상(학술 · 언론부문, 전라북도)
사이버명예의 전당(전라북도)
전북대상(학술 · 언론부문, 전북일보)
교육부장관상(교육부)
제8회 과학기술 우수논문상(한국과학기술단체총연합회)
한국자원식물학회 공로패(한국자원식물학회)
우석대학교 공로패 2회(우석대학교)
자연환경보전협회 공로패(한국자연환경보전협회)

목차

01

백두산이란

천지

백두산은 왜 우리에게 성스러운가?

백두산은 천지에서 시작하여 우리나라의 동쪽으로 뻗어내려 사람의 척추와 같은 기본 산줄기로서 모든 산들이 여기서 뻗어 내렸다. 단군(檀君)이 하늘에서 내려와 고조선을 세웠다 하여 예로부터 성산(聖山)으로 숭배하고 신성시해왔다. 백두산의 명칭은 꼭대기에 백색의 부석(浮石)이 얹혀 있어서 마치 흰머리와 같다 하여 붙여진 이름이다. 또 한편에서는 일 년 내내 산 정상에 눈이 쌓여 있다 하여 붙여진 이름이라고 한다. 최고봉은 장군봉(2,750m)으로 처음 해발 2,744m로 측량되었으나, 북한에 의하여 2,750m로 다시 측량 수정되었다.

백두산의 위치는 북위 41° 01', 동경 128° 05'에 있으며 한반도에서 가장 높은 산이며 행정구역상으로는 북한의 양강도 삼지연군과 중국 동북지방(만주)의 길림성이 접하고 있으며 총면적은 8000km^{2}이다.

백두산이 문헌에 등장한 것은 한국에서는 태백산, 장백산, 백두산으로 기록되었으며 중국에서는 지금으로부터 2천여 년 전 불함산(不咸山), 개마대산(蓋馬大山), 태산(太山), 도태산(徒太山), 태백산(太白山), 장백산(長白山) 등으로 불렸다.

백두산의 화산활동은 쥐라기(약 6억 년 전)에서 신생대 제4기까지 지속되었는데 특히 신생대 제3기부터 활발히 진행되다가 약 200만 년 전부터 화산활동이 중지하였다. 최근의 화산활동은 지난 400년 동안 1597년, 1668년, 1702년에 각각 세 차례의 화산폭발이 있었으며 이때 생겨난 호수가 천지(天池)다. 천지는 칼데라 호수다. 천지의 물은 장백폭포(長白瀑布)가 되어 이도백하(二道白河)로 떨어져 송화강(松花江)으로 흐른다. 천지에서 발원한 물은 압록강, 두만강, 삼도백하(三道白河)로 흘러 들어간다. 천지의 물은 맑고 푸르며 투명하고 면적은 9.17km^2, 깊이 384m에 달한다. 천지의 둘레는 14.4km로 모두 현무암 절벽이고 자갈밭이다. 그럼에도 불구하고 이곳에서는 진귀한 고산 식물이 자라고 있다.

백두산의 기후는 전형적인 고산기후로 기상변화가 가장 심한 곳이다. 한순간에 사계절을 다 볼 수 있는 곳이다. 백두산에서는 계절의 바뀜이 한순간에 봄, 여름, 가을, 겨울 사계절이 나타나는 변화무쌍한 기후를 경험할 수가 있다.

문화재로는 1712년(숙종 38년)에 조선과 청나라가 국경을 확실히

백두산의 여러 모양: 기암괴석의 자태

하기 위하여 세운 정계비가 있다.

우리가 백두산(白頭山)이라고 부르는 산은 천지를 에워싸고 있는 봉우리 전부를 말하고 중국에서는 장백산(長白山)이라 부르고 있으며 천지를 가로질러 한국과 중국이 국경으로 삼고 있다. 산은 하나인데 두 나라에 걸쳐 있다 보니 자연히 이름도 두 개가 생긴 셈이다. 백두산이라는 뜻은 일 년 내내 주봉인 장군봉이 눈에 싸여 있다 하여 부르는 것인데 실제로 내가 본 바로는 여름에는 눈이 쌓여 있는지 확연이 알 수 없었다. 중국 측의 장백산(長白山)이라는 것은 여기서 흘러내리는 물이 하얀 물보라를 일으키면서 아주 먼 곳까지 흐르기 때문에 이런 이름이 붙여진 것 같았다. 백두산은 지질학적으로는 화산활동으로 용암이 흘러내려서 돌과 바위가 많고 식물상은 수직분포를 뚜렷이 나타내고 있는 곳이다. 버섯도 발생량에 따라 수직분포를 나타낸다. 해발 2,000m까지는 활엽수, 침엽수림 관목지대 이루고 있으며 그 다음부터는 카펫을 펼친 것처럼 아니면 골프장의 초원처럼

활엽수림(맨 아래)

초원지대(관목 수림)

툰드라(초원지대 다음)

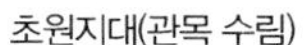

맨땅 지대(정상 부근)

보이는 초원, 툰드라지대로 이루어지고 백두산 정상은 풀 한 포기 없는 맨땅으로 되어 있다. 식물의 수직분포를 잘 보여 주고 있다.

백두산은 우리 민족에게는 정신적으로 하나로 묶는 영산(靈山)이라 할 수 있다. 지금은 사라졌지만 1950~1960년도엔 책의 맨 뒤에 우리의 맹세라는 것이 있어서 우리의 염원인 남북통일을 완수하여 백두산 상상봉에 태극기를 날리자는 글귀가 있었다. 관광객의 상당수가 한국에서 온 사람 그리고 길림성의 조선족뿐만 아니라 흑룡강성(黑龍江省), 요녕성(遼寧省)의 조선족들이 차를 대절하여 오는 것을 보면 백두산은 우리 민족을 아우르는 명산임이 틀림없었다. 또 중국측에서도 장백산은 그들에게 무언가 큰 의미를 지니고 있다고 생각되었다. 관광객의 대부분이 한족인 것을 보면 장백산은 중국 사람들에게도 영산임이 틀림없는 듯했다. 호수라면 낮은 지대에 있는 것이 보통인데 천지는 해발 2,700m의 높은 곳에 있는 호수여서 신비로움까지 주고 있어서 양국 모두에게 민족정기의 산으로 여기지 않나 생각되었다. 이것은 예루살렘이 기독교뿐만 아니라 이슬람교에게도 성지인 것 같은 곳이다.

백두산은 우리나라에서는 백두대간의 시발점으로 한반도의 척추와 같은 역할을 하고 있으며 천지에서 발원하는 압록강과 두만

천지

장백폭포에서 내려오는 물줄기

장백폭포

송화강으로 흘러드는 상류

송화강으로 흘러드는 상류

송화강

강은 중국과의 국경선이 되었다. 중국으로 흘러내리는 물은 송화강인데 이 강은 중국 동북지방의 젖줄 역할을 하고 있었다.

백두산(장백산)에서 흘러 흘러드는 지류는 많은데 크게 일도백하, 이도백하, 삼도백하, 사도백하가 있다. 백하라는 뜻은 물빛이 하얗다고 붙인 이름이며 이들은 송화강으로 합류되고 있었다. 백두산을 오르는 길목은 길림성안도현(吉林省安圖縣)의 이도백하진(二道白河鎭)에서 시작이 된다.

길림성장백산국가급자연보호국관리연구소(吉林省長白山國家級自然保護局管理研究所: 이하 장백산연구소로 지칭)라는 긴 이름의 연구소가 백두산을 중심으로 동, 서, 북쪽의 광활한 지역의 산림, 동식물, 지질, 광물자원의 보호와 연구를 진행하고 있는 곳이다. 여기서 수집 연구된 자료를 전시하는 장백산자연사박물관도 운영하고 있었다.

지금 중국 경제는 불황을 모르는 고속 성장을 하는 나라인지라 중국 어디를 가더라도 건설 붐이 일고 있었다. 중국의 장래는 경제뿐만 아니라 학문적으로도 세계에 두각을 나타낼 날이 멀지 않았다고 생각되었다. 우리나라는 자연사박물관이 없는 유일한 나라일지도 모른다. 후진국들도 거의 다 있는 자연사박물관이 없다. OECD 국가 중 자연사 박물관 하나 없는 유일한 나라다.

버섯 채집의 시작

백두산의 버섯탐험은 프런티어적 정신에서 시작되었다. 이러한 모험적인 도전은 박성식 선생(전 마산성지여고)이 백두산의 버섯을 채집하면서 시작되었다. 1990년 초는 중국과 정식 수교가 안 되었기에 백두산을 가려면 홍콩에서 중국행 비자를 발급받고 가야 했다. 지금 인천국제공항에서 길림성 연변국제공항까지 걸리는 시간은 2시간 정도다. 그러나 과거 김포국제공항에서 홍콩을 경유하여 가려면 엄청난 시간이 소요된다. 홍콩에서 기차를 타고 간다면 15일 이상, 비행기로 가도 10시간 이상 소요되는 거리다. 그 당시의 국제 상황을 고려할 때는 그야말로 어렵고도 험난한 여정이다. 박 선생은 중국의 조선족 중에 친척이 있었다. 평소에 그분에게 여러 면으로 도

박선생, 버섯 채집을 도운 분들

초원에서

버섯채집을 무사히 해달라고 고사 지내는 박 선생

움을 주었던 덕택에 그분의 초청으로 백두산에 가서 채집을 하게 된 것이다. 백두산의 버섯을 채집하려면 안내인이 필요한데 역시 친척분의 도움을 받은 것으로 알고 있다.

항공료, 비자발급의 급행료, 본인과 친척분의 경비를 부담하였으니 거기에 소요된 경비는 만만치 않은 액수였을 것이다. 비자 발급도 정식 절차를 밟아서 받으려면 시간이 너무 오래 걸리기 때문에 직원에게 뇌물인 돈을 건네면 즉각 발급된다. 또 채집한 버섯을 가지고 한국으로 올 때 세관을 통과 할 때 혹시 들킬지 모르기 때문에 미리 100달러를 준비하였다가 들키면 100달러를 건네주면 무사 통과되던 시기다. 사실 박 선생도 들켜서 100달러를 주었는지는 모른다. 사실 교사의 봉급으로 그 많은 경비를 조달하는 데 어려움도 많았을 것이다.

나와 박 선생의 만남은 대학원 선후배로 만났다. 박 선생이 고려대학교 교육대학원에서 균학(버섯)을 전공하게 되었다. 지도교수인 이영록 교수(학술원회원)가 연결시켜준 것이다. 박 선생과 공동으로 학

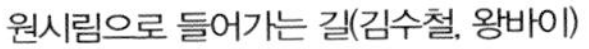

원시림으로 들어가는 길(김수철, 왕바이)

왕바이의 저서(장백산산균도지)

회에서 논문발표를 하게 되었다. 학회가 끝난 후 저녁에 여관에 와서 같이 자면서 늘 박 선생이 우리도 백두산의 버섯을 조사하자고 여러 번 이야기하였다. 그러던 차에 그야말로 박 선생이 1991년도에 백두산의 버섯을 무사히 채집하고 돌아왔다. 다음 해에 공동으로 백두산의 고등균류산에 관한 연구를 발표함으로써 백두산의 버섯연구가 시작되었다. 그러나 박 선생이 뜻하지 않은 사고로 타계함으로써 연구가 미진하였다. 그 후 중국과 정식으로 국교가 수립되어 활발히 백두산 관광이 이루어지면서 백두산 가기가 수월하게 되었다. 나로서는 백두산에 버섯을 채집하러 가는 것은 거의 불가능하였다. 아는 조선족도 없고 중국어도 시원찮고 모두가 불가능한 상태였다. 선뜻 백두산의 버섯 연구는 상상하기조차 어려웠다. 그러던 차에 한국자원식물학회에서 주최한 국제심포지움에 특강차 내한한 연변대학 농학원의 김수철 교수가 길림장백산연구소의 왕바이(王柏) 연구원을 소개하여 주었다. 그는 30년 이상을 이 연구소에서 버섯분야를 연구하여 장백산산균도지(長白山傘菌圖志)라는 도감도 집필한 학자다. 그래서 공동연구가 시작이 되었는데 본인이 연구비를 제공하고 카메라, 필름, 현상료 등을 제공하는 조건이었다. 2000년도부터 2010년까지 연구가 진행되었으며 필자는 4차례 탐험하였다. 이 중에서 2차례는 정재연 연구원도 함께 동행하였으니 6번 정도 다녀온 셈이다. 왕바이 연구원은 거의 10년 동안 조사하여 표본을 만들고, 사진을 찍고, 설명한 자료들을 정리하였다. 처음은 매년 가려고 하였지만 나 자신의 건강, 사스 등의 전염병 발생으로 계획에 차질이 있었다.

버섯 채집 탐험의 목적

백두산의 버섯 채집 탐험은 언제 사라질지 모르는 버섯 유전 자원을 확보하고 이들을 이용하여 국가경제에 이바지할 수 있도록 기초자료를 모으는 데 있다. 기후의 온난화 등 생태계의 파괴로 날로 감소하는 자연자원을 조사 연구할 필요성이 있게 된 것이다. 이것을 바탕으로 버섯 도감, 데이터베이스구축 등을 통하여 산업발전의 기초 자료와 정보를 제공하고 나아가서 산업에 활용하는 것이다. 탐사 팀은 4명으로 구성하였다(한국 측에서는 조덕현, 정재연 연구원, 중국 측에서는 김수철 교수, 왕바이 연구원). 우리는 여건이 허락하는 한 앞으로 10년간은 계속하여 백두산 버섯의 다양성, 발생 분포 및 유전자원 확보를 위한 연구를 수행하기 위하여 결성하였다.

채집의 탐험의 배경

백두산의 버섯에 관한 연구는 한국에서는 처음으로 박성식 선생과 공동으로 1991년에 330여 종의 버섯을 연구하여 보고하였다. 이번은 두 번째지만 중국의 학자와 최초로 공동연구를 하게 된 국제적 연구다. 본 연구는 한국과학기술연구원의 사실정보사업실의 "북한 버섯의 종 다양성의 데이터베이스구축"의 일환으로 경비의 일부를 후원받았다.

요즈음 상황버섯은 터무니없이 높은 가격으로 거래되고 있고 또한 그것이 정말 상황인지 확실하지 않은 것들이 판을 치고 있는 현실에서 백두산의 상황버섯을 채집하여 이들의 특성을 관찰할 수있는 기회도 가능하다. 표고는 저온성 버섯으로 여름에는 우리나라에서 발견되기 어려운 종인데 이곳에서는 심심찮게 발견되었는데 이것은 백두산의 고도가 높아서 기온이 떨어지기 때문으로 생각되었다. 백두산은 동서남북의 기온, 강우량에 차이가 많고 식물상이 다르기 때문에 버섯의 발생종류도 다르다고 왕바이 연구원은 말했다.

앞으로 백두산의 버섯탐사기를 통하여 버섯은 물론 우리 민족 독립운동의 요람인 용정의 대성중학교, 일송정, 해란강, 민족 시인 윤동주 생가 그리고 우리 민족의 한이 서린 두만강, 중국, 러시아 북한의 국경지대까지를 탐험하려고 한다.

02

백두산으로 가는 길

인천 -〉 연길국제공항(연길-용정) -〉 백두산 이도백하 -〉 백두산(장백산)

준비의 차질

나는 첫 번째 채집에 정재연 연구원을 동행하기로 하고 비자, 여권의 준비를 마친 상태였다. 그 무렵 TV에서 동남아를 여행한 여행자들이 말라리아모기에 물려서 말라리아에 걸렸다는 보도를 보았다. 우리도 말라리아약을 먹기로 하고 출발 10일 전에 병원에서 처방전을 들고 약국에 가서 약을 6알씩을 샀다. 용법은 첫날 3알을 먹고 다음 날 2알 그다음 날 1알을 먹으라고 해서 아침밥을 먹고 3알을 먹었는데 나는 아무런 부작용이 없었는데 정 연구원은 느닷없이 배가 아프고 토하고 춥고 오한이 나는 등 부작용이 나타났다. 그래서 병원에 갔더니 약 처방은 매뉴얼에 따라 하였다고 하면서 이상하다고 한다. 하여튼 며칠간의 시간 여유가 있어서 몸을 추수리면서 기다려 보았지만 여행하기에는 역시 무리한 몸이다. 할 수 없이 정 연구원의 비행기표를 환불하는 소동이 일어났다.

출발

2000년 8월 9일 새벽 4시에 대학원생인 방극소 군이 우리 집에서 코아호텔까지 차로 태워다 주었다. 나는 인천국제공항까지 가는 대한관광 리무진 버스를 탔다. 연길행 아시아나 항공으로 9시 40분 출발 예정이었다. 공항으로 가는 도중에 문제가 발생하였다. 경부고속도로 성환 부근에서 차가 1차로만 가면서 차가 멈추다, 가다, 지체를 하는 것이었다. 겁이 덜컥 났다. 만약 지체가 길어지면 비행기를 못 탈 것이 뻔했기 때문이었다. 사고는 고속도로 한가운데 양주병을 실은 화물차에 불이 나서 1차로만을 사용하는 것이었다. 다행히 내가 탄 차 바로 앞에서 사고가 나서 10여 분만에 사고지점을 간신히 통과하였다. 아찔한 순간이어서 등에 식은땀이 흐르고 있었다. 차는 예상보다 빠르게 7시 40분에 인천국제공항에 도착하였다. 절로 안도의 한숨이 나오는 순간이었다. 수속을 마치고 탑승구에 나오니 온몸이 나른하고 몸의 상태가 좋지 않음을 느꼈다. 어쩌면 동반하기로 한 정 연구원의 낙오, 긴장의 풀림 등이 온몸을 엄습하여 왔다. 비행기는 정확히 9시 40분에 이륙하여 연길국제공항에 중국시각 12시 40분쯤 도착하였다. 중국과의 시차는 중국이 1시간 늦었다. 예정시간보다 10여 분 일찍 도착하였는데 비행기에서 공항 입국수속이 안 되고 있었다. 이유인즉 예정시각보다 일찍 도착하여 중국 측 공항 관리들이 나오지 않았다는 것이다. 한참 시간이 흐른 다음에 입국수속을 하는데 짐 검사를 다시 하는 등 까다로웠다.

연길(延吉)은 조선족자치주(朝鮮族自治洲)의 수도로 조선족이 반수이고 그 외에 한족, 다른 소수 민족이 살고 있다. 이곳은 장춘(長春), 요

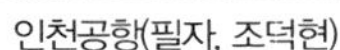

인천공항(필자, 조덕현)

인천공항(조덕현, 정재연)

녕성(遼寧省), 하르빈, 도문(圖們), 훈춘(琿春) 등으로 가는 교통의 중심지이다. 이곳은 자치주이기 때문에 한글과 한자가 공용어로 사용되며 모든 간판은 한글 먼저, 다음에 한자를 쓰도록 법으로 규정되어 있다. 그러므로 중국말을 몰라도 한국말을 하는 사람이 많으므로 큰 불편함은 없는 곳이다. 조선 자치주의 인구 중 50% 이상이 조선족이라고 한다. 한때는 70~80%가 조선족이었지만 이제는 다른 곳으로 많이 이주를 하여 자꾸 줄어든다고 한다.

백두산의 관문 연길국제공항

공항에는 연변대학 농학원의 김수철 교수와 사위 최명림 씨(용정시 재정국 감찰과장)가 공안이라고 쓴 차를 가지고 마중 나와 있었다. 연변대학의 본부는 연길에 있지만 농학원은 용정에 있다가 연길로 옮겨 갔다고 한다. 연길시는 지금 도로를 넓히고 건물을 새로 짓는 등 건축 붐이 한창이어서 좀 어수선한 분위기였다. 거기에다가 버스, 승용차, 영업용 택시, 자전거 등 거의 교통질서가 지켜지지 않고 있

연길국제공항

었다. 처음 연길에 온 사람은 교통사고가 나지 않나 불안할 정도였다. 연길 시내에서 길림성 지도와 약용진균, 고려약제조책(북한에서 발행한 것)을 사 가지고 김수철 교수의 자택이 있는 용정(龍井)으로 향하였다. 용정은 안수길의 북간도라는 소설의 주 무대이고 또 박경리의 토지의 무대가 된 곳이다. 용정으로 가는 길은 포장이 잘 되어 있었고 연길로 가는 출구와 용정으로 들어가는 입구에서 통과세를 징수하는 소위 톨게이트가 있었다. 현재 중국은 외국자본을 들여다 도로를 포장하였기 때문에 그 빚을 갚을 때까지는 도로 사용료를 받는다는 것이다.

김 교수댁에서 점심을 먹고 바로 백두산의 이도백하(二道白河)로 출발하였다. 가는 도중에 도로 포장공사를 하는데 사람과 기계가 합작이 된 공사였다. 어떤 곳은 순전히 사람들이 삽, 곡괭이 등으로 콘크리트작업을 하고 어떤 곳은 반기계식으로 공사를 하는 등 우리나라 60년대와 비슷한 인상을 받았다. 또 한참 달리니 2차선의 한쪽은 콘크리트 포장을 하고 아직 개통을 안 하고 짚, 톱밥 등을 얹어놓고 아직 포장 안 한 곳에서 살수를 하면서 물을 뿌리고 있었다. 그러니 살수차 때문에 모든 차들이 살수가 끝나는 지점까지 거북이 걸음을 할 수밖에 없었다. 수십 대의 자동차, 마차, 경운기 등이 밀려있어도 누구 하나 불평 없이 살수가 끝날 때까지 기다리는 그들의 만만(漫漫)디에 놀라지 않을 수 없었다. 포장된 도로의 곳곳에서 통행세를 받는데 공안이라는 것을 보고는 무사통과하였다. 속으로 재정국 감찰과가 상당한 권력기관으로 생각되었다. 비포장 도로를 달릴 때는 문을 닫아도 먼지란 먼지는 다 들어오고 덜컹거리는 것은 엉덩이가 떨어져 나갈 정도다.

농촌풍경

농가의 지붕: 먹물버섯이 희미하게 보인다

농가: 연길의 농촌 풍경

공안 차

농가 마을

백두산의 나들목 이도백하

이도백하(二道白河)에는 해가 뉘엿뉘엿 질 무렵에 도착하여 호텔을 정하였는데 꽤 고급이라는 간판이 붙었지만 허술하기 짝이 없었다. 요금은 중국 돈 240원(한화 38,480원 정도)을 200원으로 깎아주었다. 오래 투숙하면 더 깎아주겠다고 한다. 호텔이라는 것이 샤워기에서 물도 안 나오고 녹까지 슬어 있었다. 변기의 물은 새어 밤새도록 물소리에 잠을 설칠 수밖에 없었다. 짐을 풀고 길림성장백산연구소(吉林省長白山研究所)의 긴 이름을 가진 연구소에서 근무하다 정년퇴직한 왕바이(王栢) 씨의 집으로 갔다. 왕바이 씨와 처음으로 인사를 나누었다. 정년퇴직하였다고 하여 나이가 많으리라 생각하였는데 아직 50대 초반이었다. 중국은 나이와 관계없이 30년을 근무하면 정년퇴직을 한다고 한다. 식당은 한글, 한문으로 표기되어 조선족이 운영하는지 한족이 운영하는지 도무지 구분이 가질 않았는데 주인이 한국말을 하면 조선족이고 중국말을 하면 한족이라는 것을 알 수 있었다. 특별히 조선족이 운영한다는 간판도 있었다.

저녁은 왕바이 씨가 낸다고 하여 식당에 들어가서 식사를 하는

이도백하 시가

아침에 백두산에서 수집한 약초, 먹거리 등을 오후 3~4시경에 사고파는 광경

데 소고기, 개고기가 푸짐하게 나왔다. 나는 엄청나게 많이 나와서 질릴 정도였으며 거기다 향신료 냄새가 나한테는 역겨울 정도였다. 중국에 갈 때마다 느끼는 것인데 향료 때문에 고생을 어지간히 하곤 했다. 이번에도 바로 향료 때문에 그 좋은 개고기, 소고기가 거의 그림의 떡이 되고 말았다. 고기를 삶을 때 냄새를 제거하기 위하여 향료를 넣으며 또 먹을 때도 향료를 넣기 때문에 향료에 인이 배지 않은 사람은 여간 힘든 일이 아니다. 여기서는 중국돈 50~60원(한화 8000~10,000원)으로 3~4명이 술, 고기, 밥 등은 배불리 먹고도 남을 정도로 음식 값이 싸다.

왕바이 연구원과의 약속

이미 나는 왕바이 씨에게 사진기와 필름을 김수철 교수를 통하여 보내주었다. 8월 9일 이도백하에 도착하였을 때는 버섯 260여 종에 대한 사진(36컷짜리 25통)도 1000장을 촬영과 연구를 끝낸 상태였다. 그리고 필자가 도착하여 공동으로 200여 종을 채집할 수가 있었고 사진도 600여 장을 촬영하였다.

이번에 우리는 백두산의 버섯을 연구하기 위하여 연변대학 농학원의 김수철 교수, 왕바이 연구원과 버섯을 수집하여 백두산의 버섯 도감을 발간하고 북한 버섯의 데이터베이스 구축을 위한 자료수집을 하는 것이다. 김수철 교수는 백두산 자원식물도감, 항암본초 등을 저술하였으며 왕바이 연구원은 장백산산균도지(長白山傘菌圖志), 길림성생물다양성 등 여러 권의 책을 저술한 학자다. 이미 약속한 대로 김수철 교수, 왕바이 연구원과는 지난해부터 의논하여 대체로 필자가 왕바이 연구원에게 사진기, 필름 등 촬영에 필요한 장비를 보내주었기 때문에 왕바이 연구원이 금년부터 버섯수집과 촬영을 시작하고 있는 중이었다.

상상만 하고 말로만 듣던 원시림

어릴 적 만화, 소설 등을 보면 원시림에서 모험을 하는 탐험가들의 이야기를 읽거나 들으면서 원시림이란 과연 어떤 것인가 상상만 하던 시절이 있었다. 무서운 맹수가 나오고 징그러운 뱀 등이 있고 그래서 깜짝 놀라서 나무 위로 피신하는 탐험가들을 상상하던 때가 있었다.

다음날 8월 10일 우리 일행은 이도백하의 원시림으로 가는 도중 처음 만난 버섯은 길가의 통나무에 발생한 고리갈색깔때기버섯(Hydnellum concrescens)이었다. 햇볕이 쨍쨍 내리쬐고 있었는데 넘어진 통나무에서 발생하고 있었다. 왕바이는 그저 시큰둥하다. 흔히 봐왔던 버섯이었기 때문일 것이다. 이 고리갈색깔때기버섯은 소형으로 부채꼴로 겹쳐서 나는 배착생에 가까운 목재부후균이다. 주름살은 침으로 되고 침에 포자를 만든다.

고리갈색깔대기버섯

백두산으로 가는 길가의 원시림

찢어진흰컵버섯

원시림이라면 높은 산에 있거나 아주 깊고 깊은 산속에 있는 줄 알았는데 이곳의 원시림은 그리 높지 않은 곳에 널따랗게 펼쳐져 있고 거기서 더 가면 점점 원시림 속으로 빨려 들어가는 지형이다. 어젯밤에 비가 온 탓인지 원시림의 입구는 축축하고 눅눅하였다.

원시림의 오솔길을 조금 들어가니 하얀 색깔의 찢어진흰컵버섯(Cotylidia diaphana)을 만났다. 내가 처음 보는 버섯이라 가슴이 울렁거렸다. 깔때기버섯 모양이 균모가 심하게 찢어진 버섯이다. 나는 처음에 깔때기버섯의 한 종류로 알았고, 균모가 찢어진 것은 비바람 때문으로 착각하였다. 이 버섯은 원래부터 이런 형태로 발생한다. 카메라의 삼각대를 세우고 카메라로 4번이나 셔터를 눌렀다.

왕바이 연구원은 앞으로 전진하고 김 교수는 주위에서 수풀과 낙엽 사이를 뒤지면서 버섯을 찾았다. 여기는 왕바이 연구원이 익숙하게 다니는 길인지 척척 안내한다. 울창한 원시림 속에서 가끔씩 나타나는 습지 등, 아직 한 번도 벌채가 이루어진 적이 없는 이곳의 아름드리 나무들은 원시림이란 어떤 것인가를 말하는 것 같았다.

몇백 년이나 된 나무일까. 흰비단털버섯(Volvariela bombycina)이 아름드리 나무의 중간중간에 발생하는 것을 촬영하려니 여간 힘든 일이 아니다. 할 수 없이 삼각대 없이 손으로 들고 위로 향해서 셔터를 눌러댔다. 자연이 손이 흔들리기 십상이고 고개를 들으니 카메라 초점을 맞추기가 쉽지 않다. 과연 사진이 잘 나올지 의문이다. 이 버섯은 호빵처럼 균모가 둥글고 표면은 솜털처럼 부드럽다. 주름살은 처음은 흰색에서 차차 분홍색으로 변색한다. 왕바이 연구원이 우산버섯류를 들고 와서 찢으라고 한다. 균모는 펴지지 않았고, 자루는 길고 턱받이는 없고 대주머니도 없다. 왕 연구원의 말로는 절대로 균모가 펴지지 않는다고 한다. 아마도 신종일 거라고 사진을 찍되 크게 찍으라고 독촉한다. 말이 잘 안 통하니 옛날 우리 어릴 적에 사진 찍는 시늉으로 손가락을 맞대고 손가락을 서로 엇갈려 네모지게 하고 손가락을 걸었다가 놓으면 사진기처럼 찰칵하는 시늉을 한다. 우산버섯(광대버섯과), 무당버섯(무당버섯과), 흰주름버섯(주름버섯과), 싸리버섯(싸리버섯과) 등의 60여 종을 채집할 수가 있었다.

습지 / 습지 속을 흐르는 냇물

흰비단털버섯

우산버섯의 일종: 균모가 펴지지 않는다

깔대기버섯

전나무싸리버섯

상당수가 한국에 알려지지 않은 미기록 종으로 확인되었고 왕바이 씨는 자기가 저술한 도감을 들고 하나 하나를 나에게 설명하여 주는 자상함을 보여줘 고마웠다. 특히 창싸리버섯에 대해서는 두부, 자루의 색깔에 의한 분류키(Key)의 설명은 수준급이었다. 신기한 것은 좀처럼 뱀을 볼 수 없었고 모기도 생각보다는 적었다. 필자는 바르는 모기약을 준비하여 가서 발랐는데 왕바이 씨는 한사코 사양하였다. 아마도 왕바이 씨는 이런 모기에는 면역이 생긴 모양인지 아니면 남의 신세를 안 지려는 생각에서인지는 확실히 알 수없었다. 어느덧 점심때가 되었다. 점심으로 김 교수와 필자는 아침에 먹던 밥을 싸 가지고 왔기 때문에 그것을 먹고 왕바이 씨는 빵과 달걀 삶은 것(간장과 소금에 절인 것)을 싸 가지고 왔다. 중국은 음식점에서 자기가 먹다 남은 것을 싸 달라고 하면 비닐봉지에 싸 준다. 중국의 한족은 여성의 권익이 굉장히 신장된 나라라 남편이 부인에게 밥을 빨리하라든지 함부로 일을 시키지 못한단다. 남편이 부인에게 일을 시키게 되면 가정 분란이 일어나기 쉽다. 부부싸움 즉 분란을 막는 가장 현명한 방법은 남편 스스로 해결해야 가정이 화목하게 된다. 부인들이 아침밥을 하지 않기 때문에 식당에 가서 아침을 먹는 장면을 많이 볼 수가 있다. 몇 년 전에 광동(廣東)에 갔을 때 호텔 근처의 식당은 손님으로 시끌벅적하였다. 할아버지, 할머니, 손자, 손녀 등 온 가족들이 식당으로 와서 식사를 하는 것을 보았다. 그때는 몰랐지만 지금 생각하니 부인들이 아침에 밥을 하지 않고 식당에 와서 사 먹기 때문이었다. 여자의 권위가 대단한 나라다. 이곳의 한족들은 조선족의 생활을 보니 부인이 남편에게 순종하고 극진히 대접하는 것을 보고 한족의 남자들은 조선족의 남자들을 부러워한다고 한다. 한중 균학심포지움으로 베이징에 갔을 때 오후 4시가 되면 여자들은 퇴근을 하고 있었다. 그것은 집에 가서 저녁준비를 하도록 하기 위한 정부의 방침이라고 한다는 이야기를 들은 적이 있다.

원시림에서의 조사 장면

버섯 촬영: 조덕현

중국 여자들의 위력

우리는 아침 8시부터 버섯채집을 하기로 약속하였기 때문에 일찍부터 부인에게 밥을 짓도록 할 수 없었던 왕바이 연구원은 빵과 달걀을 싸 가지고 온 것 같았다. 그러나 다행인 것은 필자가 이도백하에 도착하였을 때는 날씨는 쾌청하기 이를 데 없었다. 이유인즉 그 전날까지 거의 한달 동안 비가 왔다니 이곳의 날씨를 알 만한 곳이다. 그러므로 버섯이 발생하는 데 좋은 조건을 만들어 주어서 많은 버섯을 채집할 수가 있었다. 왕바이 연구원은 아직 사진기술이 미숙하여 주로 필자가 사진을 찍으면서 사진 찍는 방법을 알려주었다. 왕바이 연구원은 찍는 순서대로 번호를 매기면서 정리하고 김교수는 여기저기 버섯을 찾아내는 등 그야말로 일사불란하게 작업을 진행하였다. 해가 서산에 질 무렵에 왕바이의 집으로 내려왔다. 왕바이 연구원의 부인이 이미 채집한 버섯을 건조 시키고 있었다. 왕바이의 집에 가보고 놀랐다. 흔히 중국 사람들이 사는 집을 보면 외부 모양은 상당히 구질구질하게 보이고 검은 색깔이 많고, 청소를 안 해서 더럽다고 생각하지만 실제로 들어가 보면 정반대의 상황에 놀라지 않을 수가 없다. 비록 어두컴컴하지만 바닥은 반들반

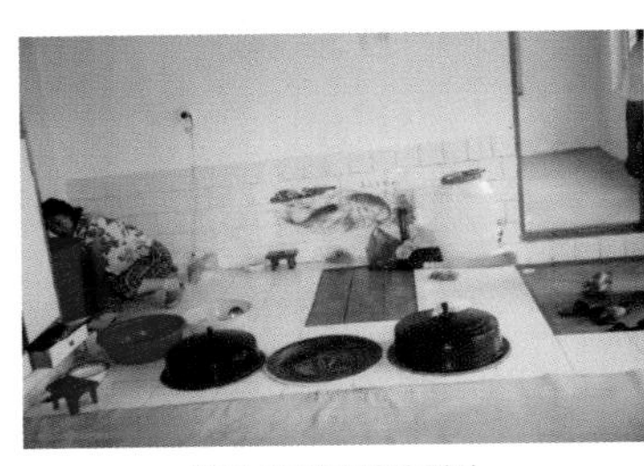

방과 부엌이 같이 있다

영업용 리어카

들하게 쓸고 닦았고 물건들은 정돈이 가지런히 되어 있었다. 방도 구경할 기회가 있었는데 역시 아담하게 잘 정돈 되어 있었다. 방으로 올라가는 밑에 아궁이가 있다. 이것은 춥기 때문에 열을 밖으로 빼기지 않으려는 지혜에서 나온 것이다.

왕바이 연구원은 날씨가 좋으니 내일은 천지를 가자고 했다. 언제 비가 올지 모르니 필자에게 빨리 천지를 구경시킬 필요를 느꼈던 것 같다. 그래서 내일은 차를 대절하여 백두산 천지로 가기로 하였다. 왕바이 연구원 집에서 우리 숙소까지는 꽤 멀어서 리어카를 타고 왔다. 자전거 뒤에 리어커를 달고 페달을 밟아서 사람을 운반하는 것으로 1인당 1원(한화 160원)을 받았다. 두 사람이 타면 힘이 많이 드니 3원을 내라고 했다.

드디어 천지에 오르다

8월 11일 아침 8시에 백두산 입구까지 김 교수, 왕바이 연구원, 부인 등 우리 일행은 함께 가게 되었다. 차편은 왕바이 씨가 한족의 차를 싸게 대절하였다. 한국인이 차를 대절하면 한족이 빌릴 때보다 2배의 가격을 받는다. 우리가 빌리는 요금의 반값으로 가능하였다. 왕바이 연구원 부인도 같이 가게 되었는데 부인은 장백산관리사무소에서 간호사로 일하는 딸을 보러 간다는 것이었다. 딸에게 주려고 보따리도 준비하였다. 그 보따리에 무엇이 들었을까. 궁금하였지만 한가하게 그것을 물어볼 때가 아니다. 분명한 것은 자식을 사랑하는 마음은 어느 민족이나 똑같다는 것을 느꼈다. 차는 우리나라 경승용차만 한 것으로 처음에 필자는 우리나라 수입차로 착각하였다. 알고 보니 일본과 합작해서 만든 차라고 한다.

우리 일행을 태운 차는 백두산(장백산)을 향하여 달렸고 길 양옆에 하늘을 향해 쭉쭉 뻗어 있는 빽빽한 나무들, 한 번도 벌채한 적이 없다는 자작나무 숲을 보면서 가슴이 설레기 시작하였다. 저 멀리에 장백폭포의 풍광도 들어 온다.

백두산 가는 길

장백산(천지)으로 가는 길

장백산으로 가는 길: 멀리 하얀 물줄기의 장백폭포가 보인다

천지로 가는 입구

책, 신문, TV에서만 보던 백두산을 본다는 것은 분명 필자에게는 감동과 설렘 그 자체였다. 장백산 입구에 도착하여 왕바이 씨 딸이 근무하는 사무실로 가니 딸이 반갑게 맞아주었다. 사무실 겸 양호실로 의료기구란 들것하고 붕대가 있을 뿐이다. 백두산으로 올라가기 위하여 장백산이라고 쓴 현판문에서 입장권과 주차권을 샀다. 타고 온 차는 대기시키고 우리는 다시 천지까지 가는 차를 대절하였다. 모든 사람은 장백산 입구까지만 차를 가지고 올 수 있다. 장백산 입구부터는 정상으로 가는 차를 다시 갈아타야 한다. 날씨가 좋은 탓인지 관광객이 너무 붐벼서 천지까지 가는 택시를 대절하기가 어려웠지만 우리는 왕바이 연구원이 알고 있는 한족의 차를 수월하게 값도 싸고 빨리 대절할 수가 있었다. 왕바이 연구원이 아니었다면 택시를 대절하기도 어렵고 대절한다 해도 바가지를 쓸 수밖에 없다. 그만큼 중국은 아는 사람이 중요하고 무질서와 탈법이 춤을 추는 곳이다. 물론 외국인에게는 바가지 요금을 받아도 누구 하나 탈법이라고 생각하는 사람은 없다. 여기서는 이런 것이 오히려 합법에 해당되는 지도 모른다. 연전에 한중 공동 균학심포지움차 북경에 갔을 때도 이미 경험한 사실이다.

천지까지 가는 길은 잘 포장된 길을 따라 구불구불한 몇십 번의 굽이를 올라가야 하는데 그나마 차가 너무 밀려서 백두산 정상까지는 도저히 갈 수가 없었다. 정상이 얼마 남지 않은 곳에서 내려서 도보로 정상 바로 밑에 도착하였다. 그곳은 풀 한 포기 없는 돌과 맨흙으로 되어 있다.

천지까지 걸어서 올라가니 날씨가 좋아서 잔잔한 물결, 호수에 드리워진 봉우리 그림자들이 사진에서 보았던 것과 똑같다. 이렇게 멋진 백두산 천지를 볼 수 있는 것은 매우 드문 일이란다. 보통 10번 오르면 한 번 천지를 멋지게 볼 수 있을 정도로 이곳의 날씨는 누구도 예측할 수가 없다고 한다. 변화무쌍한 날씨를 가지고 있

천지

천지올라가는 관광객

천지올라가는 관광객

백두산(장백산) 측후소

백두산 측후소

천지 정상

하산

왕바이, 김수철, 조덕현

다고 한다. 그런 의미에서 나는 행운아라 생각했다. 나는 정상에서 천지의 아래의 푸르디푸른 물을 내려다보면서 깊은 감회에 젖었다. 건너편 봉우리 너머에는 북한이 있고 한반도 백두대간의 발원지가 되는 곳이 아닌가. 건너편의 산 밑에는 북한의 천지연구소로 짐작이 가는 건물이 조그맣게 눈에 들어온다. 산등성에서 내려오는 길도 보인다. 북한도 천지에 대한 연구를 활발히 하고 있는 것 같았다. 봉우리에 걸쳐 있는 달, 백두산 저 아래로 끝도 없이 펼쳐진 망망대해 같은 숲의 바다에는 어디를 보아도 구름과 맞닿은 수림만 보였다.

백두산 주위에는 기상관측소가 있고, 개미 떼같이 많은 사람들이 인산인해를 이루고 있었다. 우리 일행은 천지를 배경으로 사진을 찍었는데 왕바이 씨는 사양하고 대신 나의 사진을 찍어주는 아량을 베풀었다. 김 교수는 여러 번 백두산에 올라왔다고 하는데 주로 한국에서 학자들이 오면 안내를 하기 때문이다.

장백젖버섯

백두산의 특산종 장백젖버섯

원래의 계획은 차로 정상 근처까지 와서 차를 타고 조금씩 내려오면서 일정한 간격을 두고 버섯을 채집할 예정이었지만 이날은 관광객이 너무 많아서 차가 오도 가도 못 하는 신세가 되었다. 차가 올라오기도 내려가기도 어려워서 우리는 차를 포기하고 초원지대를 도보로 내려오면서 채집을 하게 되었다. 백두산 천지의 정상 2,744m에서부터 용암과 푸른 초원이 어우러진 지대를 직접 내려오면서 조사할 수밖에 없었다.

맨 처음 발견된 것이 백두산의 특산종인 장백젖버섯(Lactarius changbaiensis)이었다. 이 버섯은 왕바이 씨 등이 신종으로 발표한 종으로 균모에 동심원상의 환문이 있었고 황갈색으로 큰 것은 주먹만 한 크기였다. 젖은 처음은 흰색이지만 살색으로 변하고 자루는 짧았다.

"균모는 육질이고 지름 3~10㎝ 이며 반구형에서 둥근 산 모양을 거쳐 편평형으로 된다. 균모 표면은 습할 때 끈적기가 있으며 털이 있고 마르면 연한 육계색, 습기가 있을 때는 암갈색이고, 넓고 짙은 색깔의 고리무늬가 있거나 또는 희미하다. 균모 주변부는 초기 안으로 감기고 후에 펴진다. 살은 치밀하고 연약하며 연한 육계색이고 상처 시에도 변색지 않으며 송진 냄새가 난다. 젖은 백색이나 다소 맑아지며 변색지 않는다. 주름살은 자루에 대하여 바른주름살 또는 내린주름살로서 밀생하며 나비가 좁고 횡맥이 있으며 연한 육계색이다. 자루는 길이 3~7㎝, 굵기 1~3㎝ 이고 위아래의 굵기가 같으며 균모와 동색이거나 연한 색이다. 자루의 속은 차 있다. 포자의 크기는 8~10×6~7(8.5)㎛로 타원형 또는 아구형으로 멜저 시약에서 보면 가닥이 난 척선과 고립된 가시가 확인되나 그물꼴을 이루지 않는다. 낭상체는 방추형 또는 방망이 모양으로 정단은 둥글고 50~90×6~11㎛이다. 여름에 관목류의 풀숲 사이의 땅에 군생하며 한국, 중국에 분포한다.

그리고 배꼽버섯류가 약간의 웅덩이에서 발생하고 있었는데 필자는 생긴 모양으로 미루어 깔때기버섯으로 알았다. 왕바이 씨가 깔때기버섯이 아니고 배꼽버섯이라고 장백산 버섯도감을 펼쳐 들고 필자에게 자세한 설명을 해주었다. 웅덩이 높이 정도로 자라지만 약간 깔때기 모양으로 되는 것은 햇볕이 필요하기 때문이다. 햇볕을 받아야 포자가 성숙하기 때문이다.

환경에 적응하는 버섯들

대체로 고산지대에 발생하는 버섯들은 추위와 바람 때문에 자루가 짧고 균모가 평펴짐하다. 그것은 균모가 평평하게 펴져야 바람이 스쳐 가기가 쉬워서 적응이 유리하여 생존이 가능하기 때문이다. 이는 버섯에만 국한된 것은 아니고 풀도 나무도 마찬가지 현상이었다. 또 계곡 같은 곳의 풀이나 관목은 뿌리 쪽이 많이 자라서 둔덕에서 자란 것과 거의 같은 크기를 하고 있었다. 이것은 둔덕의 것과 높이가 같아야 햇볕을 받아서 다른 것들과 광합성을 하기 위한 몸부림이다. 실수로 이런 곳을 잘못 헛디디면 계곡 속으로 빠지게 되어 매우 위험스럽다. 특히 겨울에는 생명을 잃을 수도 있게 된다고 한다. 높은 고산의 생물들도 환경에 적응하면서 살아남기 위한 치열한 생존경쟁을 하는 것을 보면서 생명의 끈질김과 자연에 적응하는 것에 감탄하지 않을 수가 없다.

용암이 드러난 초원지대 여기저기에 물이 솟아오르고 있는데 그 차갑기가 냉장고에서 방금 꺼내온 물보다도 더 차가웠다. 실제 이렇게 높은 곳에서, 천지의 호수보다 더 높은 곳에서, 물이 나오는 것이 참으로 신비스러웠다. 그리고 가끔 두메분취와 두메양귀비가 여기저기 피어있는 것을 발견할 수가 있었는데 한결같이 키가 작았고 바람에 휘날리는 꽃을 보는 즐거움은 한 편의 시를 감상하는 것만큼이나 상쾌했다.

먹물버섯

무당버섯

백두산 버섯의 최초의 탐험

아마도 한국인으로서 백두산의 광활한 초원지대를 탐사한 것은 내가 처음이 아닌가 생각된다. 대부분의 관광객들은 차로 올라와서 백두산의 천지 주위를 한 번 둘러보고 사진 찍고 내려와서 차로 다시 하산하는 것이 전부다. 물론 함부로 백두산의 초원과 자작나무 숲을 들어갈 수도 없다. 왕바이 연구원은 이곳을 이 잡듯이 뒤지고 다녀서인지 나를 안전한 곳으로 안내하였고 김수철 교수는 몸이 부치는지 찻길을 따라 내려오면서 간간이 풀밭으로 들어와 채집을 하였다. 다음에 만난 버섯이 2,400m 높이에서 광대버섯과의 버섯을 채집할 수가 있었는데 어린 개체에서부터 노쇠한 것에 이르는 것을 채집할 수가 있었다. 새로운 신종으로 우리는 생각하였는데 이렇게 높은 지역에서 발생하는 그 자체만으로도 생태적 특성이 있기 때문이다. 그러나 나중에 조사하니 구형광대버섯아재비(Amanita subglopbosa)였다. 이렇게 처음에 인편으로 싸이는 것은 무엇 때문일까 궁금해졌다. 모양은 우산버섯의 균모가 펴지기 전과 비슷하였고 균모 전체가 하얀 인피막으로 덮여 있었고 홀로(단생) 나면서 여기저기 흩어져 발생하고 있었다. 또 하나의 광대버섯은 소형의 버섯으로 전체 높이가 4~5cm에 이르며 대주머니가 균모까지 덮고 있었는데 왕바이 씨는 분명히 이것은 신종이라고 주장하며 사진을 찍도록 나에게 강요하다시피 하였다. 그러나 귀국하여 월간 버섯잡지의 표지에 신종으로 사료되어 게재하였지만 백두산의 버섯도감이란 책을 쓰면서 이미 중국에서 이옥(李玉)등이 백두산 버섯도감에 발표한 것을 알았다. 이렇게 처음 나올 때 두꺼운 인피로 덮이는 것은 자기를 보호하기 위한 생존전략으로 사료되었다. 일종의 생존전략으로 생각하면 좋을 것 같다. 처음 나올 때는 냉해라든지 외부의 장애로부터 보호하기 위한 보호막으로 생각되었다.

조선족들의 근면성

점심은 어제와 마찬가지로 우리는 식당에서 싸 가지고 온 밥과 반찬은 김치, 고추장이 전부였다. 오늘 아침 식사는 우리 숙소의 아래층에 조선족이 운영하는 조그만 식당이 있어서 그곳에서 아침, 저녁 식사를 하였는데 김치도 나오고 또 고추장은 이야기하면 얼마든지 서비스하여 주었다. 점심은 밥, 반찬 합하여 2인분에 중국돈 15원(한화 2500원 정도)이었다. 식당이 아주 붐비고 있었는데 우리 조선족이 근면하고 손님이 원하는 대로 더 달라면 주기도 하고 다른 식당이 문을 열기 전에 아침 일찍부터 장사를 하므로 바쁜 사람들이 이용하기에 편리하였다. 식당이라야 2~3평짜리로 부엌도 겸하고 있어서 손님이 앉아서 먹는 밥상 2개를 놓았고 사람이 편히 먹을 수가 없어서 우리나라 목욕탕에서 사용하는 얇은 깔개를 놓고 앉아서 먹게 된다. 왕바이 씨는 오늘은 조금 나은 점심을 가지고 왔는데 나에게 싸 온 것을 먹어보라고 권했다. 오늘은 부인이 딸을 보러 장백산 사무소로 왔기 때문에 그 덕분에 점심은 부인이 만든 음식을 가지고 온 것이다.

식당은 소고깃국을 주로 파는데 국은 다른 곳에서 끓여가지고 와서 이곳에서는 데우기만 하여 손님에게 팔고 있었다. 나는 처음에는 위생상태도 불결하고 향료 때문에 상당히 거북하였다. 시장이 반찬이라 국에는 향료를 넣지 않도록 부탁하였다. 배가 고프니 눈 딱 감고 밥을 국에 말아서 거의 씹지 않고 마셔버리곤 하였다. 종업원은 세 사람인데 교대로 일하고 주인은 자기 집에서 국을 끓여서 날라다 주고 있었다. 종업원들은 식물이나 곤충 같은 것을 찍으러 오는 한국 사람은 보았지만 나처럼 버섯을 찍으러 온 사람은 처음이라고 한다. 종업원 중의 한 분이 자기 동생이 한국에 가 있는데 소고기를 실컷 먹어보는 것이 소원이라고 편지가 온다고 귀띔한다. 한국은 소고기가 비싸서 실컷 먹기는 한국인에게도 어렵기 때문이다.

버섯이 무서웠다

점심을 먹고 2,000m의 침엽수림대까지 내려오면서 채집을 하였는데 주로 장백젖버섯이었다. 다음이 말불버섯류인데 반쪽은 백색이고 반쪽은 황갈색으로 속은 비어 있었다. 아직껏 말불버섯류 중 속이 빈 것을 본 적이 없다. 신종으로 생각되었으며 왕바이 연구원도 처음이라고 고개를 끄덕였다.

이미 기운이 소진하여 버섯을 자세히 조사하기에는 체력과 시간에 한계가 있어서 아쉬움이 많았다. 그 넓은 곳을 샅샅이 뒤지다가는 도저히 백두산의 입구까지 내려 올 수가 없기 때문이다. 해발 2,000m 이하인 그다음부터 관목림, 침엽수림, 활엽수림으로 되었는데 주로 자작나무 숲이 주를 이루고 있었다. 나도 왕바이도 이미 힘이 빠져서 버섯이고 뭐고, 쉬고 싶을 뿐이었다. 도로를 따라 오

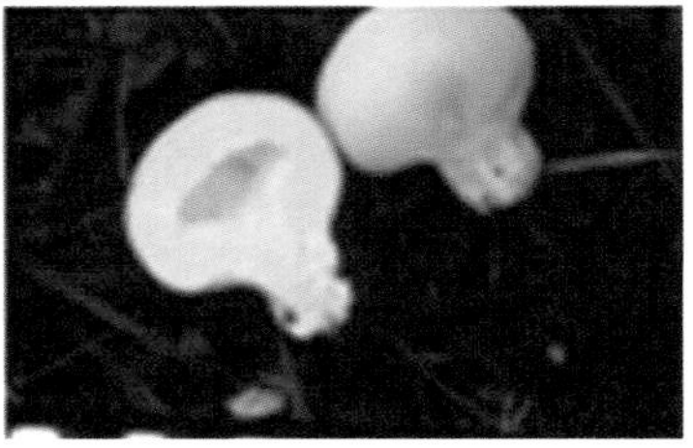
말불버섯: 속이 비었다

관목수림과 초원의 경계선(해발 2,000m)

다, 길이 나 있는 숲속으로 들어가고 하면서 지름길로 내려왔다. 말불버섯, 황금비단그물버섯 등을 여러 가지를 채집하였다.

버섯을 발견하면 사진을 찍고 채집을 하는 것이 만만치 않게 힘이 들기 때문이다. 허리를 앉았다 폈다 할 때마다 허리가 끊어질 듯이 아프기 때문이다. 사실 내심으로 버섯이 없기를 바랄 뿐이다. 그런데 오히려 더 많이 발견되고 색깔이 선명한 것들이 많아서 무리를 안 할 수가 없게 된다. 2,000m 이상을 걸어서 빈 몸으로 내려오기도 힘든데 버섯의 사진을 찍고 채집하면서 내려온다는 것은 이만 저만한 힘이 드는 일이 아니다. 그만큼 힘이 빠지고 힘이 들어서 버섯을 발견할 때마다 두렵고 무서웠다. 말불버섯(Lycoperdon perlatum)을 발견하였는데 발생 상태가 너무 좋아서 그냥 지나칠 수가 없게 된다. 찍으려고 삼각대를 세우고 쪼그리고 초점을 맞추려고 눈을 카메라에 대려니 정말 힘이 드는 일이다. 이런 발생 모습이 너무 멋있어서 그냥 지나치기에는 아쉽다. 어두움은 자꾸자꾸 내려앉는다. 둔덕 위의 아름다운 비단그물버섯을 발견하고 둔덕을 올라가려니 미끄러지기도 한다. 죽을 힘을 다하여 이를 악물고 올라가서 삼각대를 세우고 찍으니 정신이 나갈 정도다. 정말이지 버섯이 없었으면 하고 바라지만, 이럴 때는 버섯이 더 눈에 띄는 것이 신기할 따름이다. 어둑어둑 땅거미가 질 무렵에야 장백산 입구까지 내려 왔다. 대절하여 온 차를 타고 장백폭포 쪽으로 갔다. 폭포로 가는 길은 사람들로 줄을 지어 있었고 노천 온천에서 솟은 물이 흐르고 있어서 길은 질퍽질퍽하였다. 힘든 몸을 이끌고 장백폭포가 잘 보이는 곳에서 사진을 찍었다. 역시 왕바이는 사진을 찍기를 거부하고 김 교수는 지쳐서 앉아 버렸고 나만 이를 악물고 사진을 찍었다. 길가의 노점상들은 조선족들로서 한국인을 상대로 산삼, 기념품을 파는데 정말로 산삼인지는 확인할 수 없었다. 듣기로는 일반 삼을 실로 어떻게 이끼류에 부착하여 산삼으로 둔갑시켜서 판다고 한다. 절대로 사지 말라고 한다. 어둠이 장백폭포에 내려앉고 있어서 더 이상 폭포를 구경하기도 힘들었다. 장백폭포의 관광을 마치고 장백산 입구로 와서 아침에 대절한 차를 타고 다시 이도백하로 돌아 왔다. 저녁을 먹고 자려고 했지만 너무 피곤하여 잠이 제대로 오지 않았다.

장백폭포

장백폭포

장백독 앞에서

노르웨이(카스오폭포)

지하 삼림의 버섯

다음날 12일에 우리 일행은 다시 차를 대절하여 이번에는 지하삼림(地下森林)으로 채집을 떠났다. 지하삼림이라 하여 땅속에 있는 삼림으로 알기 쉽지만 실상은 그냥 평범한 삼림이었고 계곡 같은 곳으로 상당히 내려가게 된 곳이 계속해서 숲이 형성되어 있어서 지하삼림이란 이름을 갖다 붙인 것이다. 말하자면 계곡의 밑으로 내려가면서 숲이 형성되어 있는데 중국 특유의 과장법을 사용한 명칭이 아닌가 생각되었다. 지하삼림이란 이름 때문에 중국의 한족들도 이곳을 많이 구경오는데 그들도 땅속의 삼림으로 오인하는 사람이 많다고 한다. 한국인 관광객은 보질 못하였으며 이곳의 동식물 조사를 하는 것도 한국인으로서는 필자가 처음이 아닌가 생각되었다. 왜냐하면 이런 곳은 전문 안내자 없이 들어올 수 없는 위험한 곳이기 때문이다. 이곳의 특징은 용암들이 오랜 세월에 걸쳐 침식작용으로 갈라져 있어서 발을 잘못 디디면 그 사이로 빠져들기 쉽게 되어있다. 바위 사이에서 원시림이 하늘을 가리고 있으며 바위의 이끼가 마치 양탄자처럼 깔려있었다. 그리고 바위 아래로 장백산의 폭포에서 발원한 물이 흘러내리는 소리로 귓전이 멍멍할 정도였다. 이곳에서는 끈적버섯류, 변형균류 등 여러 종류를 채집하였다. 그런데 카메라가 갑자기 작동을 멈추어서 몹시 당황하였다. 이 먼 곳까지 어렵사리 왔는데 사진을 못 찍는다면 큰 낭패가 아닐 수가 없다. 나의 당황한 기색을 본 왕바이 씨는 천천히 하라고 슬로 슬로 한다. 그는 아무렇지도 않다는 듯이 버섯 채집을 계속하였다. 여기저기 어떤 조사를 하였는지 깃대봉이 여기저기 꽂혀있는 것을 보니 누군가가 무슨 조사를 한 흔적이 있다.

뿌리어리알버섯

붉은비단그물버섯

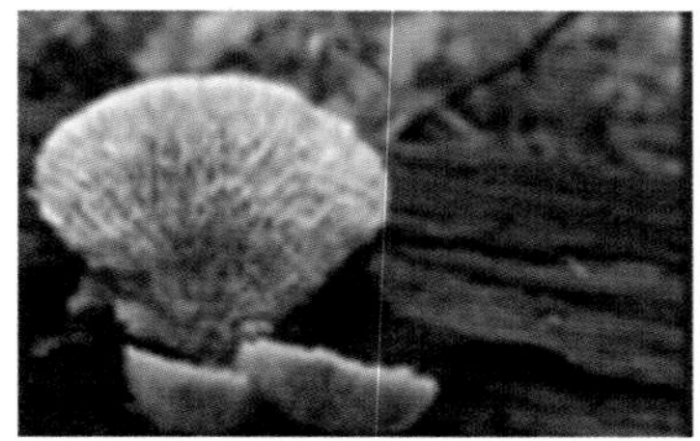

털미로목이버섯

끝말림끈적버섯

흰색껄껄이버섯 턱받이금버섯

침비늘버섯 연기색국수버섯 민달걀버섯

방망이싸리버섯 골불로초

소나무잔나비버섯 나팔버섯

멸종된 것으로 알려진 유영란의 발견

이곳에서의 수확은 지금 한국에서는 멸종되고 북한에만 있는 것으로 알려진 유영란을 발견할 수 있었다. 용암 바위의 이끼류 사이에 하늘하늘하게 흰 꽃을 피우고 있었는데 김 교수는 유영란을 발견하고 약간은 흥분하고 있었다. 김 교수도 모처럼 희귀한 것을 발견한 탓인지 사진을 찍을 것을 부탁하여 여러 장 찍었다. 나는 식물 분야는 잘 모르고 특히 멸종된 희귀한 종은 더더욱 모르기 때문에 그가 시키는 대로 하였다. 주위에 또 유영란이 있나 없나 찾아보았지만 더 이상 찾지 못했다.

유영란 Epipogium aphyllum Sw. 난초과

부전고원에서부터 백두산 지역까지 침엽수림 밑에서 자라는 균근식물로서 높이 7~20cm이고 육질이며 2~3개의 초상엽이 달리고 뿌리가 굵고 짧으며 산호처럼 갈라진다. 초상엽은 얇고 길이 6~10mm로서 맥이 없다. 꽃은 8~10월에 피며 2~8개의 연한 갈색 꽃이 드문드문 옆을 향해 달리고 포는 좁은 난형이며 얇은 막질이고 길이 6~10mm로서 젖혀지며 맥이 희미하다. 꽃받침은 좁은 피침형이고 길이 15mm 정도로서 1맥이 있으며 꽃잎은 꽃받침과 길이가 비슷하고 피침형이다. 순판과 거는 위쪽에서 옆을 향해 안쪽에서 홍자색 반점과 4~6개의 도드랖 빛 세로줄이 있고 3개로 갈라진다. 측열편은 난형이며 작고 중앙 열편은 다소 위쪽이 부풀며 가장자리가 잔물결모양으로 된다. 거는 타원형으로서 길이 6~8mm, 지름 3~4mm이고 씨방은 대가 있으며 다소 둥글다.

유영란

세계는 보이지 않는 생물자원 전쟁을 한다

백두산의 버섯은 북한에서도 수년 전에 연변대학의 교수들과 공동으로 자연자원조사를 한 적도 있다고 한다. 그 당시는 지금과는 다른 정치상황 때문에 북한의 교수들은 자기들끼리만 채집하고 연변의 조선족과는 상당히 거리를 두고 행동하였다고 김 교수는 회상하고 있었다. 그 당시는 경제도 좋아서 아마 연변대학과 공동으로 백두산의 자원조사 같은 것을 서너 번 하였다고 한다. 버섯조사도 하였는지는 모른다. 그리고 연변대학에 지원도 한 것 같고 북한에서 발행한 학술서적 특히 김일성에 관한 여러 문헌도 매년 보내주었다고 한다. 근래에는 경제가 어려워서 뚝 끊긴 상태다. 최근에는 유럽, 미국을 위시하여 선진국에서도 버섯은 물론 식물, 곤충 등을 조사하러 온다고 한다.

외국인들이 백두산에 버섯을 채집하러 오면 버섯분야는 왕바이 씨가 도맡아서 안내를 해오고 있다고 한다. 왕바이 씨의 채집도구 가운데 칸칸이 버섯을 담을 수 있는 플라스틱으로 만든 바구니 같은 것은 그들이 돌아갈 때 주고 간 것이라고 한다. 미국의 테네시대학의 피터슨(Petersen) 교수가 부인과 같이 채집하러 왔었다고 한다. 왕바이의 말로는 그가 채집하여 간 것 중에는 신종도 상당수 있었다고 일러준다. 그는 싸리버섯류의 세계적 권위자다. 그런데 외국인들은 꼭 부부가 같이 왔다고 나에게도 다음에는 꼭 부인을 데리고 오라고 말했다. 사실은 나도 같이 오려고 했는데 말라리아약의 부작용으로 못 왔다고 하니 다음에는 꼭 같이 오라고 당부했다. 이곳 원시림의 곳곳에 식물 등의 생태조사를 한 흔적이 눈에 띄었다. 예를 들면 조사 지점을 표시하기 위한 깃대가 아직도 꽂혀 있었는데 다음에 왔을 때의 조사 지점을 알기 위한 것인지 아니면 미처 수거하지 못한 것인지는 알 수 없었다. 이곳에서의 또 다른 수확은 상황버섯의 발견이다. 사실 필자도 상황버섯을 보았지만 육안으로 확실히 구분이 되는 진짜 상황버섯을 보기는 이번이 처음이다. 장백산의 상황을 채집할 수가 있었는데 왕바이 씨는 황노랑의 관공면이 하얀 가루를 뿌린 것처럼 뽀얗게 되는 것이 상황이라고 말하면서 자기의 체험담을 설명하였다.

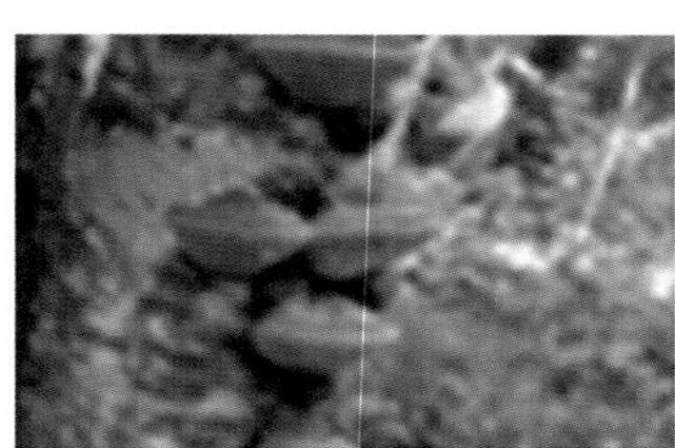

상황버섯

오늘은 왕바이 씨가 지금까지 채집한 것을 정리하여야 하므로 일찍 귀가하자고 하여 다른 때보다 일찍 지하삼림에서 빠져 나왔다. 지하삼림을 빠져나와 대절하여 온 차를 찾느라 한참 동안 시간을 허비하였다. 택시 운전수는 우리가 늦게 나올 줄 알고 자기 볼일을 보러 간 모양인지 운전수도 차도 보이지 않았다. 일찍 나오려고 나왔지만 정작 차를 2시간 정도 기다리다 보니 결국 다른 날과 마찬가지로 늦어버리고 말았다. 나중에 나타난 운전수에게 왕바이는 아무런 말도 안 하고 당연하다는 태도다. 운전수도 변명 한마디 없고 대수롭지 않다는 태도다. 우리 같으면 한참 나무랄 텐데 말이다. 아무런 일도 없었다는 듯이 왕바이 씨나 운전수는 태연하다.

왕바이 씨의 집에 도착하니 부인이 버섯을 햇볕에 말리고 그동안 말린 버섯을 라벨과 함께 비닐 주머니에 잘 보관하고 있는 것을 보면서 우리 부부도 버섯을 채집하여 오면 나보다 정 연구원이 더 소중히 정리하던 생각이 났다. 역시 "부부 일심동체"란 중국이나 우리나라나 별반 다를 바가 없다는 것을 느꼈다.

오늘은 중국의 안방까지 들어가 볼 수 있는 기회가 있었다. 길림성에서 발간된 길림성생물충류여분포(지방 생물 종 및 분포)란 책을 주겠다고 하여 방으로 들어가 볼 수 있었는데 아담하게 잘 꾸며져 있고 정돈도 잘 되어 있었다. 또 자기가 가지고 참고하는 버섯도감도 보여 주는데 장서는 많지 않았다. 책값이 너무 비싸니까

책

구입하기에 어려움이 많을 것이다. 아마도 대부분의 연구에 참고가 되는 책은 연구소에 있으니까 집에는 없을 것으로 생각하였다. 그는 길림성생물충류여분포(吉林省生物种类与分布)의 귀중한 책이 2권 있는데 1권을 나에게 선뜻 선물하는 것이었다. 책의 내용은 식물, 동물, 미생물 등 생물의 전 분야에 걸쳐서 조사된 것이다. 참여한 학자들은 생물분야에 종사하는 길림성의 모든 대학, 연구소의 전문가들이었다. 사실 우리나라의 어느 시, 도가 자기 고장의 생물상을 조사하여 집대성하였다는 것을 보지도 듣지도 못하였다. 이처럼 중국은 기초 연구가 튼튼하다는 것은 대단한 것이다. 우리는 중국을 못사는 나라로 치부하지만 그들은 경제적 어려움에도 불구하고 기초분야의 중요성을 인식하고 있는 것이다. 이런 것들은 언젠가 그들의 산업발전에 기여하리라 생각되었다.

야생화를 찍으러 온 사람들

백두산 원시림에서의 버섯 다양성에 관한 연구가 다른 나라에 비하여 출발은 다소 늦었지만 지금부터라도 연구를 하는 것은 앞으로 다가올 자원전쟁에 대비하는 계기가 되리라 본다. 다만 아쉬운 것은 북한에 속한 백두산 지역도 조사 연구할 기회가 있었으면 하는 소망이 남아 있었다.

8월 13일은 쉬기로 하고 느긋하게 김 교수와 쉬고 있는데 왕바이 씨가 자전거를 타고 급히 나의 숙소로 왔다. 무슨 일인가 물으니 한국에서 김 교수 찾는 손님이 지금 자기 집 근처의 음식점에서 기다린다는 것이다. 소식을 전한 왕바이 씨는 먼저 음식점으로 돌아 갔다. 나와 김 교수는 부랴부랴 옷을 입고 아침식사를 하고 도시락을 준비하여 손님이 기다린다는 왕바이 씨 집 근처의 음식점으로 택시를 타고 갔다. 이미 왕바이 씨가 와 있었고 거기에는 한국서 온 이영로(식물학자) 박사 일행 3명이 김수철 교수를 기다리고 있었다. 이 박사 일행은 야생화를 전문적으로 찍는 사진가 2명을 대동하고 있었다. 이 박사 일행은 오늘 지하삼림으로 야생화를 찍으러 가는데 김수철 교수에게 안내를 부탁하려고 한다는 것이다. 이 박사 일행은 한국서 김 교수의 거처를 용정의 사위에게 물었고 사위가 이도백하의 왕바이 연구원의 전화를 알고 찾아온 것이다. 김 교수가 이 박사 일행과 같이 오늘 행동해도 좋은지 물어 와서 할 수 없이 나도 승낙할 수밖에 없었다. 왕바이 씨는 일기예보에 내일은 비가 온다고 하니 오늘 쉬는 것을 취소하고 채집하러 가자고 한다. 그들은 백두산으로 떠나고 나와 왕바이 연구원 둘이서 채집하기로 하였다. 이 근처도 숲이 잘 발달하고 보존되어 물줄기가 흐르는 계곡을 따라 채집하게 되었다.

원시림의 노란말뚝버섯

백두산의 천지에서 흘러내리는 물소리로 귀가 따가울 정도로 시끄러웠다. 무당버섯류, 꾀꼬리버섯류를 채집하였다. 특히 노란말뚝버섯을 생애 처음 채집하고 사진을 찍는 기쁨까지 맛볼 수 있었다. 노란말뚝버섯의 두부에 파리가 앉아있는 것도, 사그라드는 것, 색이 바래서 다른 종으로 착각하기 쉬운 것 등 다양하게 찍었다. 문득

노란말뚝버섯

이끼젖버섯

마산의 박성식 선생 생각이 떠올랐다. 박 선생도 어쩌면 이 장소는 아니더라도 이 근방의 어느 장백산 자락에서 버섯을 채집하였으리라 생각하니 몹시 그리워졌다.

점심은 근처의 음식점에서 먹게 되었는데 부인도 불러서 같이 먹었다. 학생 같은 소녀가 서빙하는데 방학이어서 집에 온 것 같았으며 무엇보다 영어로 말하기를 원하는데 아마도 이곳 학교에서도 영어에 대한 열풍이 많은 것 같았다.

잠자리와 음식이 바뀌어서 인지 밤에는 설사기운이 있어서 자주 화장실을 가야 했다. 집을 떠나와서 제일 괴로운 것 중의 하나가 몸이 불편한 것이며 또 아프기까지 한다면 정말로 견디기 어려운 것이다. 그래서 비상약으로 준비하여 간 정로환을 먹으니 설사도 멎고 배도 편안하여져서 다행이었다.

변모된 이도백하 거리

이도백하 거리

그동안 저녁을 먹고 시간이 나면 틈틈이 시내구경을 하였다. 대로변의 노점상에서 닭고기, 소고기, 돼지고기를 좌판에 펼쳐놓고 팔고 있었고 그 외에 과일도 팔고 있다. 자동차라도 지나가면 먼지가 일어나서 그대로 묻으니 위생상태는 말이 아니었지만 이에 아랑곳하지 않고 사람들은 흥정을 하느라고 떠들썩하였다. 저녁때 시간 여유가 있으면 산보 겸 뒷골목 등을 돌아 보았는데 대부분이 조선족 아니면 한족, 아니면 소수민족이 살고 있었다. 집들은 오래된 건물이어서 시꺼멓고 골목 안은 더럽고 어수선하다. 골목길의 풍경은 우리나라 6.25 직후의 상태와 비슷하였고, 지나갈 때는 조금 으스스하였다. 조선족이 운영하는 음식점에서는 냉면을 파는 간판이 많았는데 개고기 냉면이라고 쓰여 있었다. 조선족이나 한족이 개고기를 좋아하기 때문에 육수를 개고기 국물로 만드는 것이다. 추운 지방에 사는 사람들은 고기를 먹어야만 추위에 견딜 수 있는 힘이 생기기 때문이다.

조선족이 운영하는 목욕탕으로 목욕을 하러 갔다. 방은 거실 겸

마루로 되어 있었고 거실에는 솥이 걸려 있었다. 날씨가 추워서 열을 조금이라도 보존하기 위하여 부엌 겸 방으로 사용하기 때문이다. 오래전에 역사책에서 추운 지방의 사람들은 방과 부엌이 같이 있다고 배운 기억이 되살아나서 새로웠다. 목욕탕은 샤워기만 달려 있고 물도 졸졸 감질나게 나오며 탕도 없다. 그래도 사람들이 많아서 꽤 장사가 되는 것 같았다. 이도백하에 와서 처음 목욕을 하니 몸이 개운하였다.

한여름인데도 모기는 많지 않아서 모기약 같은 것이 필요 없었다. 1970년에 학질모기가 많아서 말라리아에 걸리는 사람이 많았다고 한다. 그 후 이상하게도 모기가 없어져 모기로부터의 피해는 없다고 한다.

이도백하 중심가에 있는 서점에 들어갔는데 정보산업의 기본이 되는 컴퓨터에 관한 책이 많았고 그 외에 초등학교, 중고등학교의 학습용 책이 대부분이었다. 서점에 들어가면 점원들은 대부분 조선족으로 책을 소개하고 팔기보다는 무언가 장부 정리에만 열중하고 있다는 느낌을 강하게 받았다. 책도 그렇게 많지 않고 별로 사가는 사람도 없는데 무슨 정리할 것이 많은지 이해가 가지 않았다.

이곳의 명물로 미송(美松)나무 보호지구가 있는데 원시림의 소나무가 시내 한복판에 자리 잡고 있으며 보호 관리가 잘 되고 있었다. 장백산 보호구역 곳곳에 산불 조심하라는 간판이 눈에 자주 띄었고 어떤 곳에서는 감시망루가 마치 서부활극에 나오는 요새의 망루처럼 우뚝 솟아 있었다.

심신이 녹초가 되다

8월 14일 오늘 마지막으로 채집하고 내일 용정으로 돌아가기로 하였다. 그동안 계속된 채집으로 왕바이 연구원, 김 교수, 나 모두가 몸과 마음이 지쳐서 더 이상 채집이 힘든 지경에 이르렀다. 오늘 끝내고 내일은 용정으로 돌아간다니 마음이 상당히 가벼워짐을 느꼈다. 오늘은 첫날 채집한 이도백하의 반대편 원시림에서 채집을 하였다.

내가 이곳에 온 지 1주일 동안 비 한 방울 내리지 않았는데 숲속은 축축하고 서늘하였다. 그만큼 원시림은 물의 보존력, 숲의 자정 능력을 실감할 수가 있었다.

원시림의 화경버섯

이번 채집여행의 성과는 화경버섯을 채집할 수가 있었던 것이다. 지금까지 말로만 듣고 도감에서만 보아 왔던 화경버섯을 본다는 것은 필자와 같이 생물다양성을 연구하는 학자들에게는 말할 수 없는 기쁨이다. 왕바이 연구원은 화경버섯의 특징인 근부를 잘라서 검은색으로 된 것을 보여주며 특징을 설명하였다. 분명 왕바이 씨도 화경버섯은 색다른 버섯이라는 것을 암시하고 있었다. 아직 어린 것들이어서 고목의 여기저기에 발생하고 있었으며 왕바이 씨는 고목 전체에 나는 것을 전부 찍으라고 커다란 원을 그리면서 몸짓을 하여 보였다. 여러 장의 사진을 찍었는 데 땅이 질고 햇볕이 잘 들어오지 않아서 반사경만으로는 조명을 밝힐 수가 없어서 전체적 생태적 배경사진을 제대로 찍을 수가 없어서 아쉬웠다. 또 하

시라하마 박사

나의 성과는 표고버섯의 채집이었다. 이곳은 한여름인데도 벌써 숲속은 온도가 높지 않아서 저온성인 자연산 표고가 발생하고 있었다. 아직 많은 발생은 아니지만 앞으로 많이 발생하리라 생각되었다. 조직을 분리하려고 채집하여 숙소로 돌아와서 잘 보관, 귀국하였는데 돌아와서 표본을 찾아보니 찾을 수가 없었다. 야생의 표고버섯을 찾기란 그리 쉬운 일이 아니다. 거의가 표고버섯을 재배하다 버린 폐목에서 나오는 것을 찍었을 뿐이다.

화경버섯의 학명이 Lampteromyces japonica에서 Omphalotus japonicus로 바뀌었다. 분자수준에서의 DNA배열에 의해서 분류의 체계가 바뀌었기 때문이다. 화경버섯은 독버섯이지만 항암물질인 일루딘이라는 성분이 유명하다. 이 분야의 세계적인 권위자인 일본 홋카이도(北海島) 대학의 시라하마(白濱晴久) 교수가 있다. 한국자원식물학회가 주최한 국제학술회의 시 초청하여 특강을 한학자다.

화경버섯

화경버섯

“균모의 지름은 10~25cm, 반원형, 신장형에서 부채형으로 된다. 표면은 습기가 있을 때 끈적기가 있고, 처음 오렌지 황색 또는 계피색이다. 자루의 기부에 실 같은 가느다란 솜털의 인편이 있다. 성숙되면 암자색의 방사상 반점이 밀포하여 표면이 암자색, 자갈색으로 보이고 기름 같은 광택이 난다. 살은 백색, 황색을 띠며 자루의 기부는 두껍고 부서지기 쉬우며, 이상한 냄새가 나며 자루의 살은 노후시 암자색으로 된다. 가장자리는 처음에 아래로 말리나 나중에 위로 약간 말리고 섬유상 인편이 있다. 주름살은 자루에 대하여 내린주름살로 고리 모양의 부푼 부분이 있고 처음 백색에서 연한 황색, 폭이 넓고 노후 시 갈라지며 밤이나 어두운 곳에서 인광의 빛을 볼수 있다. 자루의 길이는 0.5~2cm, 굵기는 1~2cm로 원주형, 연한 황색으로 측생이다. 처음에 두꺼운 막상의 턱받이가 탈락하면서 턱받이 모양의 부푼 부분을 남긴다. 포자의 크기는 12~15μm로 구형, 표면은 매끄럽고 벽은 두껍다. 포자문은 백색, 연한 자주색. 봄~가을에 넘어진 단풍나무 속의 나무에 겹쳐서 중생하며 맹독버섯. 한국, 중국, 일본 등에 분포한다.”

젖버섯

봄과 가을에 많이 발생하는 비단그물버섯류가 발생하고 있었는데 이곳의 원시림은 벌써 초가을을 맞고 있는 것 같았으며 가을의 풍요로움 속으로 들어가는 준비를 하고 있는 것 같았다. 비단 그물버섯류는 비교적 저온성 버섯이다. 비늘 버섯류도 상당수 채집하였는데 고목에 한 무더기로 나서 이끼류와 더불어 나무를 썩히면서 생활하는 것을 보며 숲속 생존경쟁의 또 다른 모습을 느낄 수가 있었다. 왕바이 연구원은 이곳은 9월이 되면 눈이 내리기 시작한다고 한다.

장백산연구소에서도 이곳의 원시림에 대한 연구를 대대적으로 하는 것 같으며 널빤지로 사각의 장방형을 만들어서 숲의 무언가를 연구하는 장소가 있었다. 숲의 곳곳에 멧돼지 같은 짐승이 다닌 발자국과 그들이 파헤친 땅이 여기저기 많이 나타났다. 비교적 원시림이 잘 보존 관리되고 있다는 것을 알 수 있었다.

미국비단그물버섯

방망이황금그물버섯

원시림의 연구 흔적

느타리

조국과 국적이란

왕바이도 김 교수도 지쳤는지 아니면 이심전심(以心傳心)인지 발은 우리도 모르는 사이에 원시림을 빠져나왔는데 거기에는 간이 수력 발전소가 있었다. 관리인들이 웃통을 다 벗고 근무하고 있어서 약간 무서웠다. 우리는 자연스럽게 왕바이 연구원의 집 앞에 있는 음식점으로 들어갔다. 왕바이 연구원이 집으로 가서 부인을 데리고 와서 같이 식사를 하게 되었다. 지난번 음식점의 여학생이 우리를 보고 무척 반가워하였다. 왕바이 연구원이 음식값을 지불하겠다고 하였지만 김 교수가 나보고 내라고 했다. 나는 여기서 국적과 민족의 차이는 무언가를 나중에 많이 생각하였다. 음식 값이라야 우리 돈 2-3천 원인데 한 번쯤 왕바이 씨가 내도 되련만 김 교수가 굳이 내겠다는 왕바이 씨를 만류하고 나보고 내라는 것을 보면서 돈의 많고 적음이 아니라 마음의 진심이 무엇인지를 알 것 같았다. 역시 김교수는 중국 사람이라는 것을 느꼈다. 어쩌면 그것이 올바른 생각이라는 것을 느꼈다. 나보다는 왕바이 연구원과의 관계가 지금도 앞으로도 중요하리라 생각되었기 때문이다. 중국에 살고 있는 우리 조선족은 아쉬울 때는 한국이라는 것을 내세우지만 그렇지 않을 때는 그들은 진정한 중국인으로 돌아간다는 인상을 강하게 받았다. 그들이 생존해가는 데 유리하기 때문일 것이다. 가끔 나는 해외의 한인들이 한국의 정치 등에 민감하게 반응하고 떠드는 것은 지나치다고 생각한다. 그 나라에 적응해서 그 나라에서 출세하는 것이 중요하지 않을까. 대체로 그런 사람들은 그 나라에 적응이 안 돼서 과잉 애국심을 발휘하는 사람들이 아닌지 모른다. 맥주를 곁들인 점심식사를 끝내고 우리는 택시를 이용해 숙소로 돌아왔다. 중국의 맥주는 우리 맥주와 조금 다른 맛으로 좀 싱겁다고 해야 할까 약간 텁텁한 것 같았다.

사람의 마음을 전하는 선물

숙소에 돌아와서 목욕을 끝내고 떠날 채비를 하고 있는데 왕바이 연구원이 다시 왔다. 석별의 정을 나누기 위해서인 것 같았다. 그는 나와 김 교수에게 귀한 선물을 하였다. 중국의 전통적 한약으로 사슴의 태아로 만든 것인데 산모나 몸이 허약한 여자들이 먹으면 원기가 회복되는 아주 몸에 좋은 것이란다. 그것은 우리나라 양갱이라는 과자같이 생겼으며 흑자주색이었다. 특별히 그는 필자에게 자기가 그린 수묵화 3장도 주었는데 아주 섬세하게 그려진 새가 나무에 앉아있는 그림이었다. 필자를 위해 바쁜 틈을 내어서 특별히 정성을 들여서 그렸다니 고마울 수밖에 없었다. 필자는 그에게 인삼차를 선물로 주었더니 아주 반가워하였다. 사람이 살아가는 데 정과 정이 오가는 것이 얼마나 중요한가를 알게 되었다. 왕바이 연구원도 귀한 한약을 선물한다는 것은 보통 정성이 아

왕바이가 그려준 수묵화

니다. 한약을 보면 그것을 만드는 데 많은 정성이 들어간 것을 알수 있듯 사슴의 태아를 가루처럼 분말로 으깨서 양갱처럼 만들었으니 그 정성이 보통이 아니란 것을 알 수가 있었다. 중국인들도 이것은 구하기 힘든 약이라니 말이다. 사람이 살아가는 데 정말 중요한 것은 국가나 민족을 초월하여 신뢰와 믿음이며 주고받는 정이라는 것을 알 수 있는 것 같았다. 그는 장백산 서쪽 보호구역은 동쪽과는 지형, 기후가 달라서 식물상이 틀리고 버섯의 종류도 다르다고 하면서 앞으로 이들 지역에 대한 조사연구도 해보면 좋은 결과가 나올 것이라며 은근히 계속 연구를 하였으면 하는 눈치다.

왕바이의 꼼꼼함에 놀라다

그동안 자기가 찍은 슬라이드 필름과 버섯표본도 가지고 왔다. 슬라이드 필름 한 통 한 통 번호를 매겨서 버섯의 번호와 일치하게 하였고 되도록 부피도 줄이려고 애쓴 흔적이 역력하여 정말로 고마웠다. 필자는 찍다 남은 필름 8통을 주고 모자라면 더 부쳐 주겠다고 하였다. 내일 우리는 버스로 떠나기로 하였는데 차 시간까지 알려주는 것이었다. 왕바이 씨가 돌아가고 난 후 부지런히 짐을 꾸리기 시작하였다. 그동안 집에 전화를 하려고 하였지만 도저히 할 수가 없었다. 필자가 알고 간 방식으로 전화를 걸었지만 번번이 실패하였다. 이곳의 공중전화라는 것이 길가의 조그만 구멍가게서 영업을 하는데 전화를 걸고 나면 요금 표시가 나오는 기계는 숨겨 놓고 수화기만 우리에게 주고 걸게 하여 요금을 몇 배로 더 받는 것이다. 그래서 전화를 걸 때 김 교수가 안내를 안 하면 바가지 쓰기 십상이다. 며칠 전 한국에서 야생화 찍으러 온 이영로 교수팀이 알려준 수신자 부담으로 중국에 와서 처음으로 집에 전화를 걸 수가 있었다. 정재연 연구원은 말라리아약의 부작용에서 많이 회복되었다니 다행이었다. 한번은 사과를 사려고 했는데 비닐 망에 담은 사과 한 자루에 3원짜리를 15원 내란다. 사과라야 우리나라 자두만 한 크기였다. 김 교수가 무어라 하고 내가 안 사겠다고 하니 3원을 받으면서도 얼굴색 하나 변하지 않는다. 오히려 당연하다는 표정을 짓는 것을 보니 중국 특유의 뻔뻔함이 그들에게는 몸에 밴 것 같았다. 밤에는 다꾸린 짐을 마지막으로 점검하니 몸과 마음은 지쳤지만 왠지 서운한 느낌이 들어서 잠이 오지 않았다. 자두만 한 사과는 농약을 치지 않기 때문에 해충 등의 해로운 것이 없이 자연에서 그대로 자란 것이다. 그러니 사과가 작을 수밖에 없다. 농약을 치지 않는 것은 농약을 뿌려서 농사를 지으면 잘못하면 농약값도 나오지 않기 때문이다.

중국의 버스

버스 안

8월 15일 오늘은 백두산의 버섯채집을 끝내고 용정으로 돌아가는 날이다. 아침 일찍 일어나서 조선족이 운영하는 식당으로 가니 벌써 밥을 먹고 있는 있는 손님들이 있었다. 조선족들은 아침 일찍부터 영업을 하기 때문에 식당은 손님이 끊이질 않는다. 그래서 부를 축적하고 신용이 있는 소수민족으로 인정받는 것 같았다. 우리는 오전 6시 50분 버스를 타게 되었는데 개찰이 현대식으로 되어 컴퓨터로 차표를 처리하며 자리도 지정석이었다. 그들이 말하는 단스(텔레비전)가 달린 버스로 고급 버스인 셈이다. 중국은 아직 TV가 많이 보급이 안 된 나라다. 개찰을 마치고 버스에 탔는데 버스가 출발할 무렵에는 통로까지 가득 차서 간이의자를 놓고 앉을 정도로 만원이었다. 이 버스는 연길이 최종 목적지다. 용정으로 가려면 연길에서 다시 갈아타야 한다. 이도백하를 떠나 용정으로 가는 것은 김 교수의 집이 그곳에 있고 몇 군데 관광을 하기로 하였다. 특히 연변농학원의 도서관을 구경할 생각이었다. 좌우지간 일주일 동안 있으면서 정든 이도백하를 떠난다니 감회가 서리는 것이었다. 버스는 올 때와는 다른 길로 돌아서 가게 되었다. 안도현의 수도인 안도(安圖)를 거쳐서 연길로 가는 차인데 우리나라로 치면 직행버스지만 길가에서 버스를 기다리는 사람이 있으면 정차하여 계속 사람을 태웠다. 너무 많은 사람들을 태운 관계로 버스 속은 무덥고 후덥지근하였다. 단스(TV)는 멋져보였지만 틀지는 않았다. 가끔 휴대폰을 가진 사람이 전화를 거는 것을 보니 이곳에서도 휴대폰은 우리와 마찬가지로 아주 중요한 필수품인 모양이었다. 차창 밖으로 들어오는 풍경을 비교적 자세히 볼 수 있었다. 마을의 건물들은 어둠침침하고 빨간 글씨로 담벼락에 쓴 선전문구 등이 유별나게 눈에 띄었다. 중국은 어딜 가나 빨간색으로 글씨를 써서 처음은 약간 으스스하였다. 자꾸 보니 그것대로 괜찮은 느낌이 들었다. 특히 조선족이 운영하는 식당들은 한국형의 아가씨를 간판으로 사용한 것이 인상적이었다. 멀리 산을 개간하여 검은 차일(멀칭)을 해놓은 것이 많은데 그것이 전부 인삼밭이란다. 인삼밭을 보니 멀지 않아 중국산 인삼이 우리나라 시장으로 밀려오기 시작하면 우리의 인삼은 다른 농산물처럼 설 자리를 잃어버리고 중국인삼이 점령하지 않을까 하는 생각이 들었다. 그리고 산불조심이라는 것도 눈에 자주 띄었다. 이곳은 사회주의 국가인 만큼 개인 재산을 인정하지 않아 불이 나도 누구 하나 적극적으로 불을 끄려고 하지 않는다고 한다. 최근에 사유 재산을 어느 정도 인정하고 자기가 소유한 곳에서 나오는 소득은 개인이 갖도록 한 결과 산불예방도 되고 인민들이 적극적으로 산림을 가꾸고 보호한다는 것이다. 김 교수의 이야기로는 북한에서는 산불이 나도 산불을 끄려는 적극적인 의지가 없어서 산림이 황폐화되고 있다는 것이다. 이런 것을 보면 자본주의와 사회주의와의 차이를 실감할 수 있었다. 차창 밖으로 보이는 농촌은 거의 우리나라와 비슷한 형태로 산 아래에 마을을 이루고 있었다. 버스는 안도현의 수도인 안도에 도착하였다. 여기서 버스가 잠깐 쉬게 되어서 화장실을 다녀올 수가 있었는데 공중화장실은 불결하기 짝이 없었다. 하기야 우리나라도 1960~70년대에는 공중화장실을 들어간다는 것은 겁이 날 정도로 더러웠던 것은 누구나 경험한 사실이다. 버스는 연길을 향하여 출발하였으며 이곳부터는 비교적 평야지대도 있고 송화강으로 흘러드는 큰 개울 옆을 달렸다. 연길이 가까워지면서 집도 건물도 현대적인 것이 나타나고 연길공항 앞을 지나 11시경에 번화가인 연길역 앞에 도착하였다. 우리는 내려서 짐을 들고 우선 한식 뷔페식당으로 갔다. 김 교수는 자주 와 보았는지 이곳이 가격뿐만 아니라 맛도 제일 좋다고 한다.

연길역

메뉴는 다양하였지만 필자의 입에 맞는 종류는 몇 종류 없었다. 조선족의 입에 맞는 음식 맛으로 만들었기 때문이다. 그래도 오랜만에 점심다운 점심을 먹을 수가 있었다. 이제 용정으로 가기 위하여 버스를 타고 용정으로 가는 택시정류장으로 갔다. 그곳에서 합승택시가 있는데 10~15원 정도면 용정까지 태워다 주며 흥정하기에 따라 가격이 달라지는 것이다. 요금은 버스와 별반 차이가 없었다.

이곳의 교통신호 체계는 파란불이 들어오면 그 밑에 시간을 나타내어서 자기 능력껏 건너가거나 통과하도록 하고 있었다. 시간은 30초로 도보자와 운전수가 남은 시간을 보고 통과 여부를 결정할 수 있게 되어 있었다. 영업용택시가 상당히 많아서 빈 차로 손님을 태우려고 돌아다니는 차가 많았다. 김 교수와 필자는 다른 사람과 같이 합승하여 용정으로 출발하였다. 택시 정류장에서 내려서 이번에는 자전거 리어카를 타고 용정에서 제일 최고였다는 호텔에 투숙하여 짐을 풀었다. 김 교수는 좀 더 싸고 좋은 곳을 얻으려고 하였지만 이곳도 비교적 싼 편으로 1박에 70원으로 결정하였다. 물론 가격을 디스카운트(할인)받은 결과이다. 지금은 이곳보다 더 좋은 호텔이 세워져 있어서 좀 지저분한 느낌이 들었지만 아직도 호텔로서는 손색이 없었다.

용정(북간도)의 시장

김 교수는 자기 집으로 돌아가고 나는 목욕을 하고 본격적으로 용정 시내 구경에 나섰다. 큰 길가에는 노점상이 많았다. 시장으로 들어서는 길가에는 구두 등을 수선하는 곳이 많았고 특히 조선족이라고 쓴 팻말을 세워놓고 있었다. 헌책을 팔고도 있었는데 우리나라 70년에 발간된 선데이 서울, 여성잡지 등을 길가에 좌판을 벌여놓고 팔고 있었다.

시장에는 우리나라와 마찬가지로 큰 돔 같은 곳에 여러 가지 식료품을 팔고 있었는데 나는 버섯 파는 곳을 살폈다. 버섯은 느타리가 가장 많았고 그중에서 노랑느타리를 파는 것이 인상적이었다. 한국의 슈퍼마켓에서 느타리는 보았지만 노랑느타리를 파는 것을 본적이 없었기 때문이다. 그 외에 목이류를 많이 팔고 있었으며 자연산이었다. 조선족 아주머니들의 양해를 얻어서 사진을 찍으려고 하니 서로 자기 것을 찍어 달라고 야단들이다. 팔고 있는 종류들은 한국의 재래시장과 별반 다른 것이 없었다.

용정의 시장: 큰 돔 안에 먹거리를 팔고 있다

어린 시절에 부모님이 군산의 대야에서 사기그릇장사를 한 적이 있었다. 장날에는 시장의 길가에 그릇, 냄비 등을 내다 놓고 장사를 하였다. 그래서 리어카로 팔 물건을 싣고 시장에서 팔고, 저녁엔 다시 물건을 싸서 집으로 가지고 오곤 하였다. 그 덕분에 대학까지 다닌 것을 생각하니 옛날이 그리워지고 돌아가신 부모님 생각이 난다. 그 덕분에 제법 큰 돈을 모아서 논도 엄청나게 많이 사서 부자 소리를 들은 적이 있기 때문에 이곳의 시장 거리는 나의 어린 추억을 불러일으키기에 충분하였다.

저녁은 호텔에서 개장국을 팔고 있어서 오랜만에 한국식이 아닌 조선족들이 즐기는 음식을 먹을 수 있었다. 이곳에서 한국의 집에 수신자 부담으로 두 번째 전화를 걸었다. 저녁을 먹고 있는데 김 교수의 사위인 최명림 과장이 왔다. 그래서 지난번 용정서 이도백하까지 실어다 준 사례로 차량 대절료 1000원을 주고 사위를 따라 용정의 야경을 구경할 수가 있었다. 우선 만난 사람이 한국 사람으로 용정에 투자를 하고 있다는 사람인데 10여 년 전부터 이곳에 투자를 하여 이제는 용정의 명예시민이 되었다고 한다. 다방에 들어 갔는데 최 과장은 이곳에 자주 오는지 직원과 농담도 잘하였다. 시원한 냉커피를 마시면서 용정에 대하여 많은 것을 들을 수가 있었다. 최 과장은 이곳의 정책이 한국에서 오는 사람들에게 잘 대해주고 안내하는 것이 최우선 정책의 일부란다. 그래서 근무 중에도 한국에서 온 사람들이 부탁하면 안내도 하고 차도 대절하여 필요한 곳까지 실어다 주는 것이다. 일종의 관광행위를 하도록 시에서 장려하는 것으로 시의 재정에 도움이 되기 때문이다. 그래서 언제든지 용정이나 연길에 오면 연락만 하면 도와주겠다고 한다.

최 과장과 헤어지고 호텔로 돌아왔다. 화경버섯을 화장실에 놓았는데 어두운 밤이 되니 형광 불빛을 내고 있었다. 한밤중에 카메라 조리개를 최대한으로 넓히고 시간은 최대로 길게 하여 셔터를 여러 번 눌러댔다. 과연 불빛을 내는 사진이 나올지 궁금하였다. 귀국하여 사진을 현상하여 보니 하나도 성공한 것이 없다.

진균연구소를 가다

8월 16일 아침 식사는 전화로 프런트에 시켜서 먹었다. 밥과 술빵 같은 것, 그리고 반찬으로 김치가 나왔는데 그럭저럭 입에 맞았다. 이도백하에서 사 가지고 온 자두만 한 사과를 후식으로 먹으니 배는 든든하였다. 중국의 호텔들은 외국의 고급호텔처럼 식사는 프런트에 전화로 주문하면 배달하여 주어서 편리했다. 메뉴는 빵과 간단한 밥, 김치 그리고 단무지뿐인데도 가격은 3원이었다. 오늘은 이미 약속한 대로 연길의 진균연구소로 갈 예정이다.

김 교수가 온 후 호텔에서 자전거 인력거를 1인당 1원씩 주고 연길행 택시 정류장으로 갔다. 그곳에서는 연길로 가려는 사람들이 택시를 잡아타고 있었다. 김 교수가 흥정하여 마침내 4명이 합승하여 연길로 가는데 손님이 원하는 곳까지 태워다 주는 것이다. 가는 목적지가 다 다른데 마침 연길의 후미진 골목까지 가는 사람 때문에 연길의 뒷골목도 구경하는 기회도 가지게 되었다. 뒷골목은 길은 꼬불꼬불하고, 진흙탕 길이고, 집들은 붉은 벽돌의 무너져가는 집, 다 쓰러져가는 판잣집이 대부분이다. 진균연구소는 변두리에 있어서 거리가 너무 멀다고 하여 10원을 주기로 하였지만 25원을 지불하였다.

김 교수가 방문을 전화로 미리 연락을 해놓았지만 김 교수가 먼저 들어가고 나는 밖에서 한참을 기다렸다. 그 이유는 모르지만 나 때문에 곤란한 일이 일어 날까바 예방 차원인 것 같았다. 연구소 주변은 노점상으로 시장 바닥은 우리의 시골장과 흡사하였다. 거의 30분 이상 기다린 후에야 사무실로 들어 갔다. 진균연구소의 최기성 소장은 출타하여 없었지만 곧 돌아온다고 하여 그곳 연구원들과 이야기를 나누었다. 연구소는 주로 목이류, 표고의 품종 개발을 하고 있었다. 연구소는 종균만을 만들고 재배는 다른 곳에서 한다고 한다. 연구 실적이 좋

노점상(상황버섯 판매)

아서 상급기관으로부터 받은 우승기도 있었다. 최 소장은 몇년 전에 특강차 자원식물학회에 왔다가 나의 연구실에 부소장인 최영 씨와 함께 들른 적이 있다. 최영 씨는 지금 한국에서 박사학위 공부를 하고 있다고 한다. 원래 이 연구소는 연변대학의 물리학을 가르치는 리국진 교수가 만들었다. 그때는 김 교수도 관여를 했던 것으로 보인다. 그래서 리국진 교수가 저술한 버섯재배 책도 구경할 수가 있었다.

최 소장이 돌아와서 반가운 해후를 하고 여러 가지 버섯연구에 관한 이야기를 나누었다. 몇달 전에 버섯연구에 관한 세미나가 있어서 한국의 학자들이 다녀갔다고 한다. 여기서 중국대형진균도감(中國大型眞菌圖鑑)을 구경할 수가 있었는데 그 방대함에 놀랐다. 1700여종을 수록한 것으로 중국의 전역에서 채집하여 만든 것으로 묘천풍(卯賤豊) 교수가 중심이 되어 저술한 것이었다. 물론 이 책에서 사용된 사진은 묘 교수 혼자 찍은 것은 아니고 중국의 수많은 학자가 동원된 것이었다. 최 소장도 한번 북경의 묘 교수의 집에 갔었는데 사진과 원고를 산더미처럼 쌓아 놓고 있었으며 딸이 원고 정리를 도와주는 것을 보고 감명을 받았다고 한다. 누가 아버지가 하는 일을 도와주려고 하겠는가. 자료수집과 원고 집필에 수년이 걸렸다는 것을 족히 알 수가 있었다.

최 소장이 자기가 1권의 여분이 있어서 570원 하는 것을 550원에 샀다. 570원 하면 웬만한 봉급생활자의 한 달 치에 해당하는 금액이다. 중국 버섯의 재배종에 대한 정보를 많이 얻지는 못했지만 상당한 정보를 들을 수가 있었다. 이야기를 하다 보니 점심때가 되었다. 연구소의 직원들은 밥을 직접 해 먹고 있어서 같이 먹게 되었다. 이 연구소에 근무하는 젊은 연구원들도 연변대학의 농학원을 졸업하였다고 한다. 사회주의 국가이므로 대학을 나오면 어느 곳이든 국가가 취직을 보장하여 주는 것이다.

재배사를 구경하고 싶었지만 뜻대로 안 되어 연구소를 나와서 연길 시내로 가는 버스를 타게 되었다. 1960년대의 우리나라 합승버스같은 것으로 돈 받는 사람이 따로 있어서 문 앞에서 돈을 받고 있었다. 내가 생각하기에는 이 버스도 개인 소유인 것 같았다. 왜냐하면 돈을 받는 차장 아가씬지 아줌마가 꼭 운전수의 부인 같은 예감이 들었다. 1960년대와 1970년대에 우리나라의 버스운행도 돈 받는 차장이 따로 있어서 운행하다가 그 후에 지금과 같은 요금 지불 체제로 바뀐 것이다. 그 당시 버스는 사람을 짐짝처럼, 콩나물시루의 콩나물처럼 빽빽하게 실어서 몸을 가눌 수 없게 태우고 다니던 시대가 있었다.

버스를 타고 이번에는 왔던 길과는 다른 방향으로 가는데 길이 온통 진흙 구덩이 같은 데다 좁아서 덜컹거렸다. 버스를 탄 사람들이 거의 다 노인으로 시장을 본 생선 한두 마리, 조그만 보따리 등을 지니고 있어서 마치 우리나라 5일장에 노인네들이 장을 보아 가지고 가는 그런 풍경이었다. 차는 연변의 골목길을 꼬불꼬불 돌아 연길의 역 앞에 도착하였다. 이제 용정으로 돌아가야 했다. 나는 소변이 마려워서 연길역의 화장실로 갔다. 연길역은 이 지역의 중심지라 크고 복잡했다. 화장실은 생각보다 비교적 깨끗하였다. 소변을 마치고 택시로 용정행 정류장으로 가려고 하였지만 좀처럼 택시를 잡을 수 없었다. 하는 수 없이 버스로 용정행 정류장까지 왔다. 거기서 다시 용정행 택시를 타고 왔다. 이번에는 1인당 5원씩 지불했는데 도무지 이 택시 값이라는 것이 들쭉날쭉하여서 종잡을 수가 없었다.

북한의 야담

용정으로 돌아온 후 김 교수는 자기 집으로 돌아가고 나는 방에서 잠깐 쉬었다. 거리 구경을 다시 하였다. 이번엔 호텔 앞의 서점에서 책 구경을 하였다. 이도백하처럼 컴퓨터 관련 책과 초중고 참고 서적들이 주류를 이루고 있었다. 나는 생물에 관한 서적을 찾으려고 하였지만 거의 찾을 수가 없었다. 서점의 매점은 널찍하였지만 손님은 별로 눈에 띄지 않았다. 이 서점은 연길에 있는 신화서점의 분점으로 이곳에서는 알아주는 서점이란다.

나는 이것저것 구경하다가 성인들이 보는 우스갯소리라는 잡지를 보았다. 연변 조선족의 문화인협회가 발행한 것으로 한국의 것, 연변 조선족의 것, 북조선의 것 등 3종류가 있어서 대충 떠들어 보고서 북조선의 것을 샀다. 우리의 유머와 비슷한 내용으로 나는 과연 북조선에도 음담 패설적인 유머가 있을 것으로는 상상도 못했다. 그런데 내 생각이 완전히 빗나가 버렸다. 내용들은 전부 어른들의 음담 패설적인 것으로 장소만 바뀌었지 우리의 것과 별반 다른 것이 없었다. 역시 북한도 어른들은 술을 마시면 취기 어린 이야기를 한다는 것을 알 수 있었다. 이런 유머는 세계 어디에서나 통하며 어쩌면 국제 언어 같은 것이다. 이야기 하나를 소개하면 "남편이 출근하면서 아내에게 요사이 날씨도 추우니 저녁에는 뭐 따뜻한 것을 먹고 싶다고 하면서 출근하였다. 저녁때에 남편이 돌아와서 방으로 들어오니 아내가 없어서 이방 저방 찾아다녔다. 그렇지만 아내가 보이지 않는다. 그래서 남편이 당신 어디 있소 하고 불러보니 아내가 목욕탕에서 소리가 났다. 당신 남편이 퇴근하고 돌아

왔는 데 나와 보지 않고 무얼 하오 하고 투정을 부리니 아내의 대답이 오늘 아침에 당신이 따뜻한 것을 먹고 싶다고 해서 지금 몸을 덥히고 있는 중이에요 하고 대답하는 것이다." 북한에는 삭막하고 유머 하나 없는 사회로 우리는 일반적으로 생각하지만 그들의 서민 생활에는 역시 정감 넘치는 유머가 있다는 것을 알 수 있었다.

저녁 식사는 햄버거 가게에서 햄버거를 먹었는데 주인이 사진에 조예가 있는지 한국과 사진 교류전도 가졌다고 하면서 책자를 보여주었다. 이제 채집도 끝났으므로 빨리 한국에 돌아가고 싶은 마음뿐이었다. 모든 것이 불편하고 무료하기 짝이 없어서 항공사에 이야기하여 미리 앞당겨 출국할 수 있는지 알아보았지만 헛수고였다.

독립운동의 요람 대성중학교

8월 17일 오늘은 최 과장의 공안이라 쓴 지프차로 함께 제1중학교를 갔다. 이 학교는 원래 대성중학교로 우리나라 독립운동가를 많이 배출한 역사 깊은 학교다. 학교의 역사는 파란만장한 역사를 가지고 있었으며 다섯 개의 중학교가 통합, 최종적으로 대성중학교로 개편되었다고 한다. 옛날의 학교건물은 서양의 고딕형식의 건물이고 이제는 기념관으로만 사용되고 있다. 학생들은 새로 지은 현대식 건물에서 이곳과는 별도로 경계를 진 건물에서 공부를 하고 있었다. 현관 앞에는 윤동주의 서시(序詩)가 쓰여 있는 기념비가 있다. 2층은 이 학교의 역사와 독립운동가들을 배출한 것을 알아볼 수 있도록 학교의 역사가 순서대로 잘 전시되어 있었다. 우리 근대

윤동주의 서시비

대성중학교

사에 이름을 떨친 독립운동가들의 빛나는 역사의 발자취가 고스란히 전시되어 있는 셈이다. 최 과장은 자기 사무실에 볼일을 보러 갔다가 11시경에 돌아오겠다고 하였다.

"죽는 날까지 하늘을 우러러
한 점 부끄럼이 없기를
잎새에 이는 바람에도
나는 괴로워했다
별을 노래하는 마음으로
모든 죽어가는 것들을 사랑해야지
그리고 나한테 주어진 길을
걸어가야겠다.
오늘 밤에도 별이 바람에 스치운다."

나 혼자 구경을 하려고 하니 안내원이 나타나서 설명을 하여 주겠다고 해서 고마웠지만 사진이나 그림 밑에 설명이 다 되어 있어서 나 혼자 차분히 구경할 수가 있었다. 끝까지 다 구경한 후 아래층의 기념품 가게로 내려갔다. 여러 가지 기념이 될 만한 것이 있었지만 북한에서 발행된 우표첩이 있다. 우표첩에 북한 버섯우표 몇 장이 있었는데 버섯우표만 따로 팔지 않기 때문에 한 권을 통째로 샀다. 옆에 위치한 새 건물에는 헤이그 밀사의 3인을 중심으로 기념관이 들어서 있다. 이 기념관은 다분히 이 씨 종친이 중심이 되어 지어진 것 같았다. 건물기부자 명단에 대부분 이 씨들의 이름이 새겨져 있었다. 그 당시의 국정원장의 이름도 기부자명단에 올라 있다. 구경하고 나오니 한국의 한 학생이 열심히 카메라의 셔터를 눌러대고 있어서 인사를 나누니 대전대학교 학생으로 이곳에 여행차 들렀다고 한다. 그도 혼자 행동하기에는 어려움이 많아서 같이 행동하기로 했다. 새로 지은 건물에서는 여름방학인데도 학생들이 등교하여 수업을 받고 있었다. 이곳도 입시열풍이 만만치 않아서 이렇게 방학에 보충수업을 하지 않으면 좋은 학교에 들어가기가 어렵단다. 좋은 학교에 들어가기 위해 열심히 공부하는 것은 우리나라와 비슷했다. 또 고등학교 학생들은 개인 과외수업도 받는다고 하는데 물론 몰래 한다고 한다. 그런데 개인 과외 수업료가 웬만한 봉급생활자의 한 달 치 봉급액에 맞먹는다고 한다.

이곳에서는 북경대학, 청화대학 등 북경의 일류대학을 가는 것이 첫번째 목적이고 그다음이 장춘의 대학으로 간다는 것이다. 그렇지 않을 땐 연변대학으로 가는 것 같았다. 한 무리의 관광객이 우르르 몰려와서 구경하는데 어느 종교단체에서 온 모양인지 남녀 어린애와 초중고생들이 많았다. 구경을 다 끝내니 볼일 보러 갔던 최 과장이 왔다.

해란강의 선구자

"일송정 푸른 솔은 늙어 늙어 갔어도
한 줄기 해란강은 천년 두고 흐른다
지난날 강가에서 말달리던 선구자
지금은 어느 곳에 거친 꿈이 깊었나"

시비

해란강

일송정

이제 나는 대전대 학생, 최 과장 등 세 명이 한 팀을 이루어 선구자의 노랫말이 나오는 일송정과 해란강을 보러 갔다. 일송정은 용정의 외곽에 그리 높지 않은 산에 위치하고 있었으며 몇 굽이 산길을 돌아 일송정이라 새긴 큰 탑으로 갔다. 주위에 소나무 몇 그루가 있었다. 과연 이 소나무들이 일송정이라 하기에는 위치며 크기가 너무 초라했다. 아마도 일송정이란 우리 조상들이 상징적으로 푸른 기상과 변치 않는 조국사랑을 위해 붙인 이름 같았다. 입구에는 '나의 살던 고향은 꽃피는 산골'의 노랫말을 새긴 '고향의 봄'의 돌 기념비가 있고 그 앞에 찻집이 있었다. 이것들은 우리의 국력이 늘어나면서 최근에 세운 것 같았다. '나의 살던 고향'의 노랫말은 조국을 떠나 머나먼 이곳에서의 고향의 봄을 그리면서 그들의 외로움, 서러움, 끝없는 한, 고생 등을 달랬던 것을 기념하기 위해서 세운 것 같았다. 그곳엔 안내원이 있고 입장료를 받고 있었다. 꼭대기 정자에서 내려다보니 해란강은 그리 큰 강이 아니었고 용정시를 돌아 꼬불꼬불하게 흐르고 있었으며 물도 별로 많아 보이지 않았다. 다만 그 제방 둑 위로 우리 독립투사들이 훈련을 위해서 말을 달렸을지도 모른다고 생각하니 어렴풋이 그들의 모습이 떠오르는 것 같았다. 주위로는 논이 펼쳐지고 저 멀리 용정시가 희미하게 들어왔다. 정말 우리 독립투사들은 이곳에서 모임을 갖고 조국 광복을 맹세하고 빼앗긴 조국을 찾으려고 이곳에서 고생하였으리라 생각하니 마음이 뭉클했다. 기념으로 몇 장의 사진을 찍고 찻집에 가서 콜라를 마셨는데 21원을 내란다. 이건 완전 바가지다. 가격을 물어보지 않고 먹은 것이 실수였다. 이곳에서 구경을 끝내고 최 과장이 경영하는 음식점에 와서 점심을 얻어먹고 오후는 윤동주의 생가가 있는 명동촌으로 갔다.

비운의 천재 시인 윤동주

윤동주의 생가로 가는 길은 군데군데 도로 공사 중이어서 복잡했고 게다가 대부분이 비포장도로여서 몹시 불편했다. 그 옛날 윤동주 등의 조선족은 학교에 다니기 위해 용정시에 하숙을 했을 것이다. 이곳은 윤동주 부친을 중심으로 조선족이 이룩한 마을로 현재는 400여 가구가 모여 살고 있었다. 이곳의 지형은 앞쪽에는 높은 산이 있고 그 밑에 내가 흐르고 냇가 건너 쪽에 마을을 이루고 있었다. 언뜻 보기에 아름다운 풍경이었다.

윤동주 생가 앞에는 교회가 있다. 기념비가 세워져 있고 옛날의 교회로 쓰였던 건물에는 전시관이 있는데 관리인이 나와서 유창한 말씨로 설명하여 주었다. 물어본즉 연변대학을 나와서 이곳 관리 일을 한다고 했다. 말솜씨는 북한의 아나운서처럼 청산유수였다. 전시된 것들은 대성중학교에서 본 인물 대부분이 그대로 전시되어 있었다. 그러니까 이곳 명동촌의 사람들 대부분이 독립운동에 가담하였다는 것이다. 새로 건물을 복원하기 위해 기부금을 받고 있었다. 나도 조금 기부금을 내었고 건물 밖으로 나오려니 이번에는 입

명동촌

옥수수밭

윤동주 생가

장료를 또 내란다. 이 교회는 윤동주 아버지가 세운 교회로 목회 일을 이 교회에서 했다고 한다. 건물의 뒤에 윤동주 생가가 있다. 시골집치고는 꽤 큰 편으로 마당도 있고 우물가 등이 아직 보존되어 있었다. 집 안도 옛 모습 그대로 복원되어 있었는데 역시 추운 지방이라 방에 부엌이 있었고 솥이 걸려 있다. 굴뚝을 통나무로 한 것이 무척 인상적이었다. 이곳 사람들의 생활상을 물으니 역시 사람사는 곳이라 갈등도 많고 의견이 맞지 않는 경우도 허다하단다.

윤동주는 이곳에서 연희전문을 다녔고 또 일본으로 유학을 떠났으니 대단한 사람이라 할 수가 있다. 그 당시 일본으로 유학을 떠나려면 재정 보증이 필요했었는데 윤동주는 집의 재력이 재정 보증에 충분하였거나 아니면 교회의 보증으로 일본 유학을 갈 수 있었을 것이다. 윤동주 부친은 이곳에 조선족 마을을 건설하면서 논과 밭을 개간하고 북간도로 흘러들어오는 한국 사람들을 이곳에 정착

케 하였고 그들을 종교적 힘으로 결속시켰던 것으로 생각되었다. 그러니 초창기의 그들의 생활이란 이루 말할 수 없는 고통과 시련의 연속이었고 그것이 조국을 잃은 백성의 서러움을 뼈저리게 느끼게 하였을 것이다. 그런 이유로 독립운동을 할 수 있는 힘의 근원이 되었을지도 모른다.

여러 가지 상념을 하면서 다시 최 과장 과 함께 갔던 길을 되돌아 용정으로 돌아왔다. 대전대 학생과도 헤어졌다. 용정시에는 시내 한복판에 공원이 있으며 입장료를 받고 있었다. 용이 우물에서 나왔다고 하여 이곳의 지명이 용정이라 한다. 이곳 호텔에서는 한국방송이 수신되고 있어서 한국 소식을 들을 수 있었고 어떤 위성방송에서는 한국에서 이미 방영된 연속극 등을 계속 내보내고 있어서 한국의 소식을 소상히 알 수가 있었다.

살림살이

우물

나무 굴뚝

북한, 중국, 러시아가 맞닿는 국경지대를 가다

8월 18일 오늘은 연변 농학원 도서관을 가기로 약속한 날인데 현재 도서관 관장이 북한을 갔기 때문에 어렵다고 한다. 이곳 대학 도서관은 방학 때는 대출을 안 하는 것 같았으며 거의 문을 닫는 것 같았다. 그래서 김 교수가 두만강을 가자고 하여 북쪽 지방으로 가기로 하였다. 연길에서 우리는 1인당 22원을 주고 훈춘(琿春)행 마이크로버스를 타고 두만강을 따라 동북쪽으로 달리기 시작했다. 가는 길에 장춘에서 시작되는 고속도로의 일부분을 볼 수 있었는데 아직 개통은 되지 않은 것 같았다. 도문(圖們)에 오니 도시가 제법 발달되어 있었다. 도문은 북한으로 건너가는 다리가 있는 곳으로 우리가 자주 TV 등에서 보는 다리가 있는 도시다. 우리는 도문을 지나서 12시경 훈춘에 도착했다. 이 지역은 논의 밑바닥은 흙이 아닌 석탄으로 되어 있다고 하는 데 노천 탄광인 셈이지만 석탄을 캐내지 않고 그 위에 흙을 덮어서 농사를 짓고 있었다. 가끔 논 가운데에 석탄을 제련하는 공장이 있었다. 차에서 내리니 조선 쪽 택시 운전수들이 자기 차를 타라고 끌다시피 한다. 우리는 점심을 먹을까 하다가 방천(防川)으로 가기로 하고 운전수와 가격 협상을 벌여서 140원에 가기로

방뚱지구

하였다 방천은 중국, 러시아, 북한이 맞닿는 곳으로 북한의 최북단, 아니 한반도의 최북단인 셈이다. 배도 출출하여 바가지만 한 빵과 물을 사 들고 가면서 먹었는데 정말 맛이 하나도 없는 빵이었지만 요기를 달리한 방도가 없어서 먹을 수밖에 없다. 여기서부터는 두만강을 더 자세히 볼 수가 있었다. 우리나라 농촌과 별반 다를 것 없지만 군데 군데 바람에 의하여 사구가 발달한 곳이 많았다. 여기서부터는 바로 길 아래에 두만강이 흐르고 있는 곳으로 포장은 되어 있지 않았지만 길은 잘 다져져서 거의 포장도로 같았다. 손에 잡힐 듯 말 듯 한 두만강을 보니 마음이 심란하여진다. 이 강을 건너 중국으로 넘어오는 북한 주민들이 생각 나서 두만강 건너 북한 쪽을 살폈다. 한참을 달리니 또 북한으로 건너가는 다리가 있었는데 여기서는 정식으로 통행증을 가지고 다니는 곳이라고 한다. 전망대도 있었지만 그 근방으로 들어가면 돈을 받기 때문에 관광객들과 관광차들은 전부 외곽지대에 주차하여 놓고 구경하고 있었다. 택시 운전수 말로는 중국 측에는 감시초소가 없지만 강 건

여기서 동해까지 거리는 15km

감시초소

너 북한에는 곳곳에 감시초소가 있다고 했지만 나는 감시초소를 발견할 수가 없었다. 중국이 북한보다 잘 살기 때문에 북한으로 도망하는 사람은 없으며 북한에서는 중국 쪽으로 도강하여 먹을 것을 훔쳐 가기도 한단다. 두만강을 건너다가 잘못하여 빠져 죽는 수도 있다고 한다. 그래서 나는 이 운전수에게 여러 가지를 물어보았는데 자기들은 북조선에 대해서는 아무런 관심도 없다고 말했다. 그 이유는 아는 사람도 없고 친척도 없으므로 북조선은 그저 민족만 같을 뿐 먼 나라로 느껴질 뿐인 것이다. 그리고 자기도 한때는 한국의 공장에서 취업하여 생활한 적도 있으며 아내는 지금 훈춘에 세워진 쌍방울 공장에서 일하기 때문에 별걱정 없이 부유하게 생활한다고 한다. 방천에 가까워지면서 길은 중국 땅, 길 아래 조그만 도랑을 건너서는 러시아 땅으로 철망이 쳐있을 뿐이었다. 하여튼 이렇게 국경선을 이루고 있었다. 우리는 방천에 도착하여 전망대로 갔는데 입장료 20원, 주차비 10원을 받고 있었다. 이 전망대가 북한, 러시아가 맞닿는 삼각지대이다. 전망대에 오르니 동으로 15km에 동해가 있다는 표식이 있고 날씨가 좋은 날은 동해바다가 보인다고 한다. 옆에는 중국의 감시초소와 망루가 높이 세워져 있었다. 여기는 국경선이라 전망대 아래 철조망이 중국과 러시아의 국경선이고 앞쪽의 철조망은 북한과의 국경인 셈이다. 철조망과 조금 떨어진 곳에 러시아 경비병 초소가 보이고 북쪽으로는 늪지대가 끝도 없이 펼쳐져 있었다. 동쪽으로는 두만강이 있고 북한의 마을들이 보였다. 거기에 1953년도에 러시아와 북한이 교역을 위해 만든 철교가 있었다. 국경 정거장에는 화물차량들이 보였고 다리 건너 러시아 쪽에도 역이 보였다.

두만강

북한과 러시아의 물류 철도

두만강 국경지대 마을: 조선족 마을

우리에게 땅이란 무엇인가

여기도 예외 없이 조선족 아가씨가 유창하게 안내를 하고 있었다. 혹시 국경지대라서 충돌은 없는지 물었더니 이곳은 화평(和平: 평화)하다고 한다. 자기는 고등학교를 졸업하고 바로 이곳 안내원으로 취직이 되어 근무하고 있으며 관광객이 오면 관광객이 싫어하더라도 안내와 설명을 하여야 하는 의무감 같은 것이 있는 것 같았다. 이곳은 중국, 북조선, 러시아의 접경지대라 그런지 중국의 강택민도 이곳을 시찰하러 왔었다고 한다. 중국 정부도 이 국경지대의 중요성과 자국의 영토를 한 치라도 빼앗기지 않으려는 생각을 가지고 있는 것을 알 수 있었다. 기념품 가게도 있으며 중국의 관광지 어디를 가도 자본주의 냄새가 물씬 풍기고 있었다. 두만강 건너 북한의 마을과 기차를 보면서 언젠가 통일이 되면 다시 저 철교를 건너고 싶어진다. 북조선과 러시아가 과연 무엇을 서로 주고 받으며 교역을 하였을까 궁금하였다.

발전하기 위해서 겪어야 하는 불법

초, 중학교를 거쳐 고등학교 때만 하여도 북한 하면 무조건 다 싫었고 혐오감을 느끼고 북한 것이라면 그것이 무엇이든 나쁜 것으로 생각하던 시대가 있었다. 지금 내가 이곳에서 바라보는 북한은 한가롭고 아득한 어떤 보금자리 같은 느낌이다. 어쩌면 국경수비대의 병사들이 철조망을 치거나 국경을 순찰하기 위하여 다녔을 뿐이다. 그리고 드문드문 조선족 한두 가구가 살고 있을 뿐이다. 여기는 유엔이 정한 평화 공원이 있는 곳이다. 생물의 자연적 생태도 평화가 없이는 보존이 어렵기 때문에 특별히 유엔이 자연문화유산으로 보호하기 위한 목적으로 정하지 않았나 생각되었다.

훈춘의 자전거, 리어카는 연길이나 용정의 자전거 리어카와는 달랐다. 여기는 리어카가 자전거 앞에 달려 있었다. 여기는 길림성

유엔세계공원 기념비

사범대학이 있는데 우리와는 다르게 도시마다 그 지역의 특성에 맞게 단과대학을 설치하고 있었다. 국경지대 관광을 마치고 용정으로 돌아왔다. 내일은 한국으로 돌아가는 날이다. 마지막으로 짐을 점검하였다. 짐이라야 카메라와 버섯 채집품뿐인데 원래는 이런 버섯들이 반출을 금하고 있어서 약간 불안스러웠다. 90년도에 박성식 선생이 왔을 때는 출국할 때 100달러를 준비하고 있었다는 말을 들은 기억이 났다. 그 후로는 국교도 정상화되고 또 왕래도 빈번하여 짐 검사를 거의 하지 않는다고 한다. 그렇지만 나는 가능한 한 버섯은 배낭의 깊숙한 곳에 넣었다. 다음날 19일 아침에 김 교수와 사위인 최 과장이 차를 가지고 와서 연길국제공항까지 함께 갔다. 조금 일찍 출발하여 공항에 도착하여 기다렸다가 입국 수속을 하였다. 입국 수속이 다 끝나고 비행기 이륙 시각이 넘어서도 이륙하지를 않는다. 나중에 안 사실이지만 소위 리컨펌(reconfirm)을 안 한 사람도 입국 수속을 한 사람이 있어서 그 사람을 찾느라고 2시간 이상을 소비하였다. 그러나 비행기가 이륙하지 않는 이유를 안내 방송도 없고 관계자들이 왔다 갔다 하면서 부산을 떠는 모습만 있었다. 면세점에서 진주와 깨를 샀는데 이건 도대체 가격을 알 수가 없었다. 가격을 깎아 주어서 과연 제 가격을 주고 샀는지 도무지 감이 잡히지 않았다. 그저 면세점이니 가짜는 아니겠지 하는 생각만 들었다. 마침내 재확인 안 된 사람을 색출하여 그 사람은 다시 밖으로 나가고 탑승을 시작하여 서울에 돌아왔다. 우여곡절 끝에 여행을 마무리를 하면서 이번 채집은 나에게 버섯을 연구하는 데 새로운 활로를 찾아야 한다는 좋은 기회를 제공하였고 또 여러 가지 정보를 얻었기 때문에 어떤 여행보다 의미가 컸다.

결과의 발표

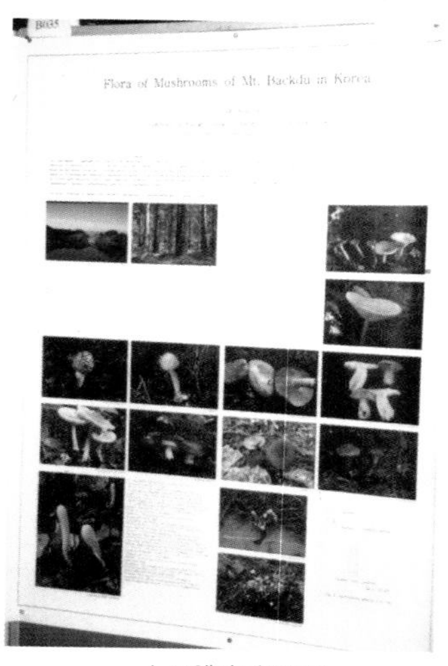

노르웨이 발표사진

이번에 채집된 버섯을 정리하여 그동안 연구한 것들을 정리하여 2002년 7월 노르웨이의 오슬로에서 열리는 국제균학회에 보고 하였다.

03

원시림의 버섯들

보랏빛주름버섯 방망이싸리버섯

사스의 습격

이번의 버섯탐사는 2001년에 이어 두 번째로 백두산에서 버섯을 채집하는 것이다.

2002년에는 국제균학회에 광대버섯 2종류의 신종과 한국산 버섯의 DB 구축을 발표하고자 8월에 노르웨이의 수도 오슬로에 갔었기 때문에 백두산 버섯채집을 갈 수가 없었다. 그리고 2003년엔 가려고 준비를 하는 과정에 사스가(SARS) 발생하고 중국으로의 여행을 자제해 달라는 정부방침에 부득이 채집계획을 취소하여 2년간 이러저러한 이유로 갈 수가 없었다. 중증급성호흡기증후군은 사스-코로나 바이러스(SARS coronavirus, SARS-CoV)가 인간의 호흡기를 침범

하여 발생하는 질병이다. 2002년 11월에서 2003년 7월까지 유행하여 774명이 사망하였다. 원인은 바이러스인 사스-코로나 바이러스에 노출된 후 2~7일 정도의 잠복기가 지나면 발열, 무력감, 두통, 근육통의 신체 전반에 걸친 증상이 나타난다. 이후 기침과 호흡곤란 증상이 나타나고 설사가 동반된다. 심한 경우에는 증상이 2주 이상 지속되며 호흡 기능이 크게 나빠진다.

그동안 나와 공동연구를 하고 있는 왕바이 씨가 2002년 표본과 사진은 김수철 교수가 한국에 특강차(한국자원식물학회 초청) 오는 길에 가져 왔고 2003년 자료는 이종일 교수(전 자원식물학회 회장, 전 순천대학교 교수)가 중국에 갔을 때 가지고 왔다. 물론 중간 역할은 김수철 교수가 하였다. 보내준 버섯 표본과 사진은 정재연 연구원이 정리하였으며 아직 작업이 안 끝난 상태다. 표본과 사진만을 정리할 수가 없고 다른 일이 자꾸 밀리기 때문에 틈틈이 정리를 하다 보니 일이 더딜 수밖에 없는 실정이다. 이번 채집여정은 그래서 여러 가지로 뜻깊고 의미 있는 버섯탐사가 되리라 생각하였다.

8월 5일 전주에서 인천국제공항으로 향하는 새벽 3시 30분 리무진 버스를 타고 출발하였다. 미국의 9.11 테러 사건 이후 공항의 검색이 강화되었기 때문에 일찍 떠날 수밖에 없었다. 보통 항공기 출발 2시간 전에 공항에 도착하면 충분하였는데 이제는 4시간 전에 도착하여 짐 검사, 출국수속을 받아야 한다. 과거에 비하여 배 이상의 시간이 소요되기 때문이다. 아침 7시쯤 인천국제공항에 도착하였다. 보통 4시간 소요되는 것으로 알았는데 생각보다 조금 일찍 도착한 셈이다. 조금 기다리다 중국 연길행 수속을 하고 2층 한식식당에서 아침을 먹었다. 순두부 백반인데 비싸긴 하지만 깨끗하여 기분은 좋았다. 2001년에 갈 때와는 다른 곳에서 탑승수속을 하였다. 지하에서 환승열차를 타고 탑승구로 갔다. 탑승이 끝나고 출발 시각(9시 50분)이 넘었는데도 이런저런 이유로 거의 한 시간 늦게 이륙하여 연길공항에 1시 15분이 넘어서 도착하였다.

입국수속을 마치고 나오니 최길림 과장(용정시 재정국)이 부인과 함께 마중 나와 있었다. 무척 오래 기다린 모양으로 상당히 지쳐 있는 것 같았다. 이곳도 무더위가 맹위를 떨치고 있어서 거의 서울의 날씨처럼 몹시 무더웠다. 마중 나온 차는 폭스바겐이었는데 아주 고물로 덜컹덜컹하고 에어컨도 작동 안 되는지 문을 열고 달리니까 더운 바람과 먼지가 들어와 괴로웠다. 에어컨을 켜면 기름이 많이 소모되어서인지 고생이 이만저만 아니었다. 어쩌면 한족(중국 사람들)처럼 남의 의중은 무시하고 자기만 좋으면 되는 것 같았다. 폐차 직전의 차지만 달리는 데는 무리가 없었다.

연길시는 2년 전에 비해 많이 달라져 있었다. 큰 건물이 새로 들어서고 거리도 많이 깨끗했지만 교통질서 준수는 그때나 지금이나 별반 달라 보이지 않고 멋대로 진행되고 있었다.

용정으로 가는 데도 수금소(통행요금 징수)가 있는데 그때는 무료 통과하였는데 이번에는 요금을 내고 있었다. 그때는 용정시 공용차량이고 오늘은 민간용이기 때문이다. 20분쯤 후에 용정의 최 과장 집 근처에서 점심을 먹게 되었는데 나는 금방 먹고 내려서 먹지 않고 최 과장 내외만 먹었다. 반찬거리가 많이 남으니 최 과장 부인이 싸 달라고 하여 집에 갖다 놓고 온 다음에 나는 중국 위안화의 큰돈(500원)을 잔돈으로 바꾸러 중국 농업은행에 갔는데 건물은 허술하기 짝이 없었다. 하지만 강도로부터 보호하는 장치는 서양처럼 안전한 철망으로 격리되어 있었다. 학술발표차 이태리의 바비노(Vabino)에 갔다가 밀라노 은행에서 돈을 인출한 적이 있는데 입구의 큰 현관문을 들어서면 다시 한 사람씩 들어가는 철망문을 거쳐서 데스크에서 돈을 인출한 적이 있다.

통과세를 받는 요금소

최 과장이 바쁘다며 내일 이도백하(二道白河)로 가자고 해서 난감했다. 그러나 점심 식사 때 1000원으로 차 대절요금을 합의하니 이도백하로 바로 떠나기로 했다. 사실 1000원이면 한국 돈 15만 원에 해당한다. 그동안 최 과장은 장인인 김수철 교수와 여러 번 통화한 것으로 안다. 아마도 김 교수가 잘 대우해주라고 한 모양으로 안다. 처음에는 내가 돈을 덜 줄까 봐 못 간다고 한 것 같다. 만일 오늘 못 가면 내일 오전에 출발하면 오전 내내 달려서 이도백하에 도착하지만 오후에 왕바이 씨가 나랑 채집하러 갈지 안 갈지 모르기 때문이다. 까닥하다가는 하루를 공치게 되는 것이다. 하여튼 나는 오늘 이도백하에 가야 백두산 버섯채집에 무리가 없기 때문에 목적은 달성한 셈이다.

용정에서 지름길로 바로 이도백하로 달리기 시작했다. 가다가 최 과장의 부친에게 최 과장이 돈을 전달하러 갔는데 우리나라 60년대의 집 구조 비슷한 곳에서 생활하는 것 같았다. 가끔 당나귀가 끄는 달구지를 보면 무언가 시간 속으로 여행을 하는 기분이었다.

2년 전에 갔던 길과는 다른 길로 가는데 2년 전은 비포장도로지만 지름길이었는데 지금은 포장이 잘 되었지만 좀 멀었다. 요즘은 이곳도 차가 많아지고 또 과속으로 대형 교통사고가 많은 나서 사람들이 죽는다고 한다. 정말 차들이 중앙선을 무시하고 달리고 있어서 깜짝깜짝 놀랄 때가 한두 번이 아니었다.

이제 근대화 물결이 이런 시골에도 몰아치고 있어서인지 길가 군데군데 젖소나, 사슴의 조형물을 만들어서 이곳이 젖소 사육지고, 사슴이 많다는 것을 알려주고 있었고 교량공사를 하는 곳이 많았는데 아마도 홍수 등으로 물난리를 많이 겪는 것 같았다.

하루가 다르게 발전하는 중국

이도백하(二道白河)에는 거의 3시간 반 이상 달려서 도착하였다. 이도백하의 거리도 현대식 건물이 많이 들어서 몰라볼 정도로 변화되어 있었다. 공동으로 연구 중인 왕바이 연구원의 집으로 갔다. 왕바이 연구원은 현대식 아파트로 이사하여 2층 자기 집에서 문을 열고 기다리고 있었는지 우리 차를 보고 반갑다고 손을 흔들고 부인과 함께 마중 나왔다. 알고 보니 길림성국가급자연보호관리국에서 아파트를 직원들에게 분양하여 주었다고 한다. 그런데 4층짜리 아파트인데 1층은 상가로 분양하고 2층부터 직원들에게 분양하였다는데 그 내막은 잘 모르지만 옛날 살던 집 대신에 아파트를 준 것으로 생각되었다. 그런데 1층의 한 곳은 2층으로 하여 명주병관(明注柄館)이라는 여관이었다. 그래서 숙소는 이곳에 정하고 짐을 풀었다. 방은 지은 지 얼마 안 된 건물이라 깨끗하였지만 에어컨 장치는 없었다.

왕바이 연구원과 여러 가지 채집계획을 의논하였다. 여관은 1박 1식에 140위안화, 차량 대절요금은 하루 600원이고, 2002년, 2003

년, 2004년의 연구보조비를 왕바이 연구원에게 주고 최 과장한테도 차량요금을 주었다. 최 과장 부부, 왕바이 연구원 부부, 나랑 같이 저녁식사를 하자고 하였지만 최 과장 부부는 갈 길이 바쁘다고 용정을 향하여 출발했다.

최 과장 부부가 떠나고 난 후 왕바이 연구원 부부와 택시를 타고 이도백하의 중심가에 있는 조선족이 운영하는 음식점으로 갔다. 내가 중국음식을 잘 먹지 못하는 것을 알고 있기 때문에 나를 배려하여 특별히 조선족 음식점으로 간 것이다. 음식은 된장찌개, 소고기 불고기, 동태 조림 등이 나왔는데 먹을 만하였다. 중국에서는 음식이 푸짐하게 나와야지 그렇지 않으면 그 음식점은 가지 않는다고 한다. 식사 도중 딸 이야기를 물으니 작년에 시집가서 배가 남산만 하다고 일러준다.

빙천(氷天) 맥주를 곁들여 저녁을 먹고 음식이 남으니 소고기 불고기와 동태 조림은 싸 가지고 이번에는 집까지 걸어가자고 해서 숙소까지 걸어서 돌아왔다.

왕바이 연구원과 자다

돌아와서 목욕하고 쉬는데 왕바이 연구원이 나랑 같이 자기 위해서 왔다. 나 혼자 자면 위험하니 보호를 해주기 위해서다. 이것은 최 과장이랑 이야기를 한 결론인 것 같았다. 요즘 탈북자 문제, 중국의 치안상태, 여관에 투숙하는 한족의 수준 등을 고려할 때 내가 어느 때 사고를 당할지 몰라 특별히 배려한 것 같았다. 하기야 자기가 집에서 잔들 부인과 부부관계를 하는 것도 아니고, 부인의 수발만 드느니 차라리 나랑 자면 마음이 홀가분해서인지도 모른다. 중국은 여권 특히 부인의 발언권이 세서 남편들이 함부로 부인에게 밥을 해달라든지 이것저것 주문하다가는 큰일 난다고 한다. 자녀도 한족은 1명만 낳아야 하고 소수민족은 2명까지 낳을 수가 있다. 그러나 왕바이 연구원은 딸이 있기 때문에 부부관계도 피임을 해야 할 형편이다. 그러니 차라리 나랑 자는 것이 뱃속 편할지도 모른다는 생각이 들었다. 이런 엉뚱한 생각을 하면서 잠을 청하였다. 오늘은 너무 피곤하여 TV를 보다 8시쯤에 곯아떨어졌다.

중국의 인심

8월 6일, 곤히 잠들었지만 잠자리를 바꾸어서인지 이른 새벽에 잠이 깨었다. 창밖을 보니 아침이 밝아 오고 있었다. 나보다 먼저 깬 왕바이 연구원은 벌써 집으로 돌아갔다. 6시경 일어나서 주섬주섬 옷을 입으니 왕바이가 돌아와 밥 먹으러 가자고 해서 왕바이의 집으로 갔다. 재미있는 것은 왕바이가 직접 아파트 문을 열고 들어가는 것이다. 우리 같으면 초인종을 눌러서 안에서 여는 것이 보통인데 이들은 각자 아파트 열쇠를 가지고 다니는 것 같았다. 아파트 구조는 우리와 별반 다를 것이 없었다. 거실, 부엌 딸린 방 등의 구조로 되어 있었다. 왕바이 부인은 나를 보고도 별 무반응이다. 중국 사람들은 인사를 안 하는 편이다. 내가 굿모닝(Good Morning)하고 인사를 하니 그때서야 씩 웃는다. 거실에는 비닐이 깔려있고, 10cm 정도의 스펀지 같은 두꺼운 깔개가 깔려있었다. 전면에 TV가 놓여 있고 벽에는 아무것도 걸려 있지 않았다.

아파트는 우리처럼 식당 겸 거실이 같이 있어서 편리하게 설계되어 있었다. 부엌에서 음식 준비가 끝나니 왕바이 연구원이랑 부엌의 식탁으로 갔다. 밥은 조 같은 것을 섞은 쌀밥으로 건강식으로 지었는데 전기밥솥으로 하나 가득하였다. 부인이 식구들한테 밥을 퍼주는데 중국 사람답게 수북이 퍼준다. 나는 조금만 퍼달라고 해도 막무가내다. 반찬은 어제 식당에서 가져온 것과 달걀로 국을 끓인 것 같은 것 등 3가지였다. 나는 미리 고추장과 멸치를 가지고 갔기 때문에 그것과 반찬으로 밥을 먹었다. 내가 고추장과 멸치를 먹어보라고 주니 왕바이는 최고라고 엄지손가락을 치켜세운다. 그러나 실상 속은 못 먹을 것을 먹은 기분이었으리라. 인사치레 상 나를 추켜세우는 것일 거다. 아마 뱃속은 부글부글 야단일 테니 말이다. 식사에는 어제 우리를 이도백하 중심 시내까지 실어다 준 택시 기사랑 같이 먹었다. 묻지는 않았지만 사위인 것 같았다. 딸은 장백산의 관리 사무소에 있으므로 사위는 같이 생활하는 것으로 보인다. 밥은 왕바이 부인이 한 번 퍼주고 나서 더 먹고 싶으면 자기가 직접 퍼 먹었다. 나도 점심으로 내가 가지고 간 도시락에 내가 밥을 퍼 담았는데 조금 담으니 많이 퍼 담으라고 왕바이 부인이 무서운 눈으로 나를 부라리는 모습이다. 나는 밥을 먹고 여관으로 와서 오늘 채집 준비를 마치니 왕바이 연구원이랑 아파트 앞으로 나가니 택시가 우리를 기다리고 있었다. 아침에 밥을 먹은 사위가 아닌 다른 운전수였다. 왕바이는 점심으로 빵, 물 등을 슈퍼에서 사 가지고 왔다. 왕바이 부인도 오늘은 장백산 관리사무소에 근무하는 딸을 보기 위해서 같이 출발하였다. 내가 앞에 타고 뒷좌석에는 왕바이 연구원 부부가 탔다. 백두산(장백산) 입구에는 벌써 많은 관광객을

주차장: 필자와 왕바이

싣고 온 버스와 승합차 등이 혼잡을 이루고 있었다. 나는 관광품 판매 상점에서 혹시 북한 우표책이 있나 살펴보았고 특히 버섯 우표가 있으면 사려고 하였다. 점포 주인은 조선족인데 북한에서 나온 보통 기념 우표 같은 우표책을 사라고 성화다. 나는 그냥 나와서 거기서 팔고 있는 송이버섯과의 말린 버섯을 찍었다.

왕바이 부인이 왔다 갔다 하면서 장백산 입장을 주선하였다. 왕바이 연구원의 딸을 만나러 사무실로 갔는데 나를 보고 무척 반가워하였다. 2년 전에 이미 알고 있었기 때문이다. 의무실에서 간호사로 일하고 있었다. 의무실에는 비상약통 하나, 침대 하나, 그리고 붕대와 핀셋, 알코올이 전부였다. 2년 전보다 그래도 구급약이 많이 준비되어 있었다. 아마 관광객 중 부상자나 기타 환자가 생기면 나가서 치료를 하는 것 같았으며 의사는 없는 것 같았다.

말린 버섯 판매

장백산 출입구

북한 우표

남을 배려하는 왕바이 연구원

한참 기다리니 왕바이 부인이 따라오라고 해서 우리는 정문의 옆문으로 그냥 통과하였다. 아마도 아는 사람을 통하여 표를 사지 않고 옆문으로 통과하였다. 입장료를 안 주고 들어가는 것이니 부정한 방법인 것이다. 지금 중국은 부정이 판치고 있는 나라다. 새로 국가 주석이 된 후진타오도 부정과의 전쟁을 선포하는 것을 보면 알 수 있는 현실이다. 정문을 들어서면 Y자형의 길로 나뉘는데 천지라 쓴 입구는 천지로 가는 길이고 다른 쪽은 장백폭포로 가는 길이다. 천지까지는 차로 가야 하는데 왕바이와 나는 천지로 올라가는 입구에서 차를 기다렸다. 우리 차로 가면 천지 입장료를 다시 내야 하므로 경비를 줄이려고 공짜 차를 물색하는 것 같았다. 드디어 천지로 가는 트럭이 왔는데 공사 차량인 듯했다. 왕바이가 그운전수를 잘 아는 모양이다. 나와 왕바이는 운전수 뒤쪽의 좌석에 탔다. 운전석의 조수석에는 어린 학생(초등학교 4~5학년 정도)이 있는데 이 녀석이 수건에 백두산 안내도를 그린 것을 내밀고 자꾸 사라고 졸라댔다. 안 산다고 해도 막무가내였다. 나중에 왕바이가 그만두라고 하니 그때서야 수그러든다. 올라가는데 모퉁이를 돌 때는 브레이크를 밟고 액셀러레이터를 어떻게 밟는지 휘발유 냄새와 매연이 코를 찌른다. 차가 너무 오래되어 노후하여서 정말 산에 올라가는 것만도 다행이다. 다른 관광객 승합차들이 모두 추월하며 갔지만 우리는 부릉부릉 소리를 내면서 그야말로 거북이걸음으로 올라갔다. 2,200m 지점에서 내려서 백두산의 정상에서 뻗어 내려오는 한쪽의 능선으로 올라갔다. 거기서부터 능선을 따라 내려오면서 채집을 하기로 하였다.

햇볕이 필요한 버섯들

2001년처럼 이번에는 나는 사진을 찍고 왕바이 씨는 표본을 관리하고 수첩에 적고 하였다. 직립배꼽버섯(*Melanoleuca* strictipes)이 움푹 패인 구덩이에서 나는데 자루가 길었다. 이것은 균모가 구덩이에 수평이 될 수 있는 높이까지 자라서 균모가 구덩이 입구의 가장자리와 수평이 되게 된다. 그렇게 되면 바람의 영향을 덜 받고 햇볕을 받으려는 생존전략으로 생각되었다. 이 버섯은 "균모의 지름은 4~11cm, 처음은 반구형에서 차차 편평하게 되며 표면은 백색 또

직립배꼽버섯

광대버섯류

는 우윳빛 백색에서 갈색으로 된다. 가장자리에 줄무늬 홈선은 없다. 살은 백색이고 얇다. 주름살은 자루에 대하여 바른주름살 또는 홈파진주름살로 백색 또는 우윳빛 백색이며 밀생하고, 주름살의 길이가 다르다. 자루의 길이는 4~8cm, 굵기는 0.7~1.5cm로 원통형이다. 표면은 백색이고 미세한 털이 있으며 기부는 부푼다. 자루의 속은 차 있다. 포자는 7.7~11.5x6.5~7㎛로 타원형으로 표면에 사마귀점이 있다. 낭상체는 38~71x6~15㎛로 방추형이고 선단에 결정체가 있고 둥근형이다. 여름에 혼효림의 땅에 군생하며 한국, 중국에 분포한다."

사람들은 버섯은 무조건 음지 그것도 햇볕이 없는 곳에서 자라는 것으로 생각하는데 그렇지 않다. 어느 정도 빛이 필요하고 그래야만 포자가 성숙한다. 자루는 햇볕에 수직으로 자라고 균모는 수평을 이루게 된다. 지형지물을 기막히게 잘 이용하는 것이다. 백두산의 바람과 구름과 햇볕이 비치는 곳에서 광대버섯이 발생하고 있었는데 온통 하얀 비늘로 덮여 있었다. 균모의 비늘은 저자가 신종으로 발표한 긴뿌리광대버섯(A. *longistipitata*)과 비슷한 거북 등 모양이었다. 두꺼운 인편들은 백색으로 온통 자실체를 덮고 있으며 차차 균모와 자루 밑으로 자라고 있다. 균모의 인편이 거의 자루까지 붙어 있다. 산등성이 여기저기 흩어져 나고 있었다. 말불버섯류인데 표면의 돌기의 끝이 가느다란 털로 꼬부라져 있었다. 확대경으로 왕바이 씨와 보면서 아마도 기후에 적응하느라 변형된 것으로 생각되었다. 낭피버섯류도 있었는데 버섯 전체가 백색으로 혹시 신종이 아닌가 생각되었다.

흰흑안장버섯(자낭균류)

분홍콩먼지(변형균류)

곰보버섯(자낭균류)

장백의 이름

능선에서 천지를 보니 2001년에 없었던 기상측후소가 보인다. 무엇보다 능선에서 바라본 장백폭포와 물줄기는 그야말로 환상적이었다. 장백폭포를 보호하기 위해서 폭포 주위의 계곡에 콘크리트를 하여 흙이 무너져 내리는 것을 막기 위한 땜질이 흠으로 보였다. 저 멀리 봉우리의 꼭대기에 잔설이 아직 남아 있었고 장백폭포의 물줄기를 보면 흰 물보라를 일으키며 흐르는 것은 물처럼 생각할 수 없었다. 그냥 흰 비단을 깔아 놓은 것 같았다. 왜 장백(長白)이라 하는지, 왜 백하라고 하는지를 실감나게 하고 있었다. 하얀 물줄기는 끝없이 이어지고, 간간이 구름이 지나가면서 뿌리는 비는 더한층 장백산의 웅장함과 신비함을 더해주고 있었다. 10시경 내가 가지고 간 쵸코파이를 왕바이 연구원이 먹어보고 최고라고 엄지 손가락을 들어 올린다. 11시경에 배가 고픈지 왕바이 씨가 점심을 먹자고 해서 12시에 먹자고 하였다. 하기야 아침을 6시경에 먹었으니 배도 고플 만하였다. 이 지대는 풀과 조그마한 관목이 어우러져 있으며 평평하여 대원(집짓는 땅의 들판) 지대라 한다. 이곳에서 왕바이가 신종으로 발표한 장백젖버섯(*Lactarius changbeinsisi*)이 비교적 많이 발견되었다.

능선을 채집하고 내려와서 천지 올라가는 길을 가로질러서 다시 채집하다 12시에 점심을 먹는데 나는 밥과 고추장, 쵸코파이를 왕바이 연구원은 사발만 한 빵 4개를 꺼냈는데 그중 2개는 내 몫이라고 먹으라고 하였다. 그리고 소시지를 주는데 맛은 괜찮았는데 먹고 싶지 않았다. 먹지 않으니 자꾸 먹으라고 해서 빵의 일부와 소시지를 성의를 봐서 먹었다. 이 음식들은 전부 진공포장 된 것이어서 위생상 문제가 없다. 또 중국 음식은 날 것은 없고 거의 다 지지고 볶고 기름에 튀기기 때문에 박테리아나 바이러스로 인한 어떤 질병도 거의 전무한 상태다. 왕바이 씨는 소시지를 무척 좋아하는 것 같았다. 아니면 쉽게 싸 들고 오기가 쉬웠기 때문일지도 모른다.

장백산 수목의 한계선인 2,000m

백두산은 2,000m를 경계로 2,000m까지는 자작나무 숲이 주를 이루고 그다음부터는 거의 초원지대로 구분된다. 젖버섯류를 채집하였는데 보랏빛젖버섯류와 비슷한 것으로 젖이 보라색으로 변색하고 자루의 속이 텅 비어 있다. 싸리버섯류(*Ramaria*)는 2,000m 지점의 구멍이 파인 것 같은 곳의 흙에 속생하는데 황갈색 계통으로 처음보는 싸리버섯류였다. 색깔이 아주 독특하여 신종으로 생각되었다. 왕바이 씨가 2,000m 지점에서 대원지대(편평한 지대)와 침엽수림의 경계지점에서 기념촬영을 해 달라고 하여 사진을 찍었다. 여기서 발견된 장백젖버섯의 자루에 흠집이 있고 자루가 짧은 것이 변종이 아닌가 의심하면서 아주 세심한 관찰을 하였다.

잠시 쉬었다가 이제부터 2,000m 아래로 내려오면서 버섯을 계속 채집하고 촬영하였다. 이제는 힘도 빠지고 허리도 아프고 빨리 내려가고 싶었지만 그것은 맘대로 할 수 없는 것 아닌가? 백두산의 뱀처럼 구불구불한 길을 따라 하산하는 차들은 만원이고 그들도 바쁜 터라 누가 우리를 태워 주겠는가. 길을 따라 내려오다 숲

왕바이: 2,000m 수목한계선에서

수목: 2,000m 한계선

을 가로질러 내려오다를 반복하면서 가능한 한 지름길로 내려왔다. 천지라고 쓴 입구까지 오니 왕바이 부인과 택시가 기다리고 있었다. 심신이 녹아나는 것 같다. 숙소로 돌아와서 나는 목욕을 하고 왕바이 연구원은 채집 표본을 햇볕이 잘 드는 아파트 처마 밑에 널어놓고 정리하였다. 저녁은 아파트의 음식점에서 맥주와 밥을 먹었다.

왕바이 씨는 자기가 손수 담근 술을 가지고 와서 한 잔 먹으라고 권한다. 이 술을 먹으면 장백산도 힘 안 들이고 뛰어갔다 올 수 있다고 한다. 월견초로 담근 술인데 이들은 아주 귀하게 여긴다. 한국의 어떤 사람들은 이 술을 먹으러 이곳까지 오는 사람도 있단다. 내가 생각하기에는 이 술이 정력에 좋다는 의미로 느꼈다, 한국 사람들은 정력에 좋다면 물불을 가리지 않고 먹는 먹는다는 누구나 잘 알고 있는 사실 아닌가. 그야말로 정력적인 술이라고 권한다. 한 모금 마시니 너무 독해서 목이 화끈거려서 한 잔밖에 안 마셨다. 저녁을 먹고 나는 방으로 돌아와서 쉬는데 왕바이 씨가 오늘 채집한 목록과 도감을 들고 왔다. 채집한 표본 중 신종으로 생각되는 종들을 도감을 보면서 연구하였다. 말은 통하지 않지만 그림과 글로 쓰면서 정말 오랜만에 자세히 의견을 나누었다. 그리고 신종으로 사료되는 종의 균모, 주름살, 자루, 생태적 특성을 자세히 기록하였다. 오늘은 60여 종류를 채집하고 사진 6통을 찍는 성과를 올렸다.

전형적인 아침 풍경

8월 7일, 여관 앞의 길거리에서 아침거리를 팔러 다니는 사람의 외침 소리에 잠이 깨었다. 몇년 전만 하여도 우리나라도 골목을 다니면서 두부, 콩나물 등을 사라고 외치고 다니는 사람들을 볼 수 있었다. 이곳에서 우리와 같은 풍경을 보니 옛날로 돌아간 기분이다. 창 밖을 보니 아직 해는 뜨지 않았지만 환하게 밝아 오고 있었다.

세면을 하고 있는데 왕바이 씨가 밥을 먹으러 가자고 데리러 왔다. 나가서 보니 어젯밤에 비가 조금 왔는지 아파트 처마 밑의 버섯들이 앞의 부속 건물(왕바이의 연구소)로 전부 옮겨져 있었다. 언제 옮겨 놓았는지 왕바이 연구원의 부지런함에 놀랄 뿐이다. 밤에 자다가 비가 오니 왕바이가 나가서 버섯들을 자기 연구소로 옮겨 놓은 것이다.

오늘 아침 메뉴는 어제와는 약간 달랐다. 가지무침이 있었다. 도시락에 밥을 퍼 담아 가지고 숙소로 돌아와서 채집준비를 하였다. 어제와 마찬가지로 왕바이 부인이랑 같이 장백산으로 향했다. 어제처럼 왕바이 씨는 가만히 있고 부인이 왔다 갔다 하더니 오늘도 옆문으로 들어갔다. 그러니까 입장료가 절약되는 셈이다. 이번에는 우리가 대절한 차로 소위 지하삼림까지 갔다.

지하세계로 빨려들다

지하삼림이라는 간판은 낡을 대로 낡아서 칠도 벗겨지고 글씨도 벗겨져서 무어라 썼는지 도무지 알 수가 없다. 매표소에서 왕바이 부인이 표를 구입하여, 나와 왕바이 연구원 둘이서 채집하러 들어갔고, 왕바이 부인은 입구에 운전사와 같이 남았다. 우리가 채집하여 나올 때까지 기다려야 한다.

2년 전엔 지하삼림으로 가는 길이 질퍽질퍽한 땅으로 된 길이었는데 이번에는 나무로 다리를 만들어서 사람들이 걷기에 편리하게 되어있었다. 도중에 고목이 있으면 베어내지 않고 고목을 가운데 두고 양옆으로 판자를 깔아서 운치 있게 하였고 무엇보다 자연 그대로를 보존하려는 의도가 돋보였다.

지하삼림으로 가는 도중에 우리는 2년 전에 왔던 왼쪽의 바위 언덕 위로 올라갔다. 거기서 땀버섯류를 채집하고 사진을 찍었다. 2년 전이나 별반 달라진 것이 없었다. 무당버섯류, 끈적버섯류를 채집하였다. 눈에는 들어오지 않는 깊고 깊은 계곡의 물 흐르는 소리가 요란하다. 장백산의 원시림을 보니 저 멀리로 끝없이 수해를 이루고 있다. 이런 것들과 어우러져 수십 미터 발밑으로는 장백산에서 흘러내

지하삼림 입구

지하삼림 가는 길

리는 물소리를 들으니 자연의 위대함에 또 한 번 놀라지 않을 수 없었다.

지하에서 자태를 뽐내는 마귀곰보버섯

헛마귀곰보버섯

우리나라에서는 보기 힘든 마귀곰보버섯(Gyomitra influra)을 채집할 수가 있었다. 마귀곰보버섯과 곰보버섯(Morchella carasipes)을 혼동하기 쉽다. 곰보버섯의 한 종류로 오인하기 쉽다. 곰보버섯 속과 마귀곰보버섯 속으로 다른 버섯이다. 조심스럽게 암반 위를 걸으면서 등색껄껄이그물버섯을 채집하였는데 오래전에 자연보전협회 어래산, 선달산 종합학술조사 시 채집한 이래 이번에 장백산에서 채집하는 종이었다. 이번에도 무슨 생태조사를 한 흔적이 여기저기 남아 있다.

오늘도 12시경에 점심을 먹었다. 오늘도 왕바이 연구원은 소시지를 싸 가지고 왔고 빵도 큼직한 4개를 가지고 와서 나는 밥도 먹고 빵도 먹었다. 이미 이곳은 2년 전에 채집한 경험이 있어서인지 낯설지 않았고 종류도 비슷하였다. 이곳에서의 채집 종에는 신종으로 사료되는 종으로 동충하초인지 아니면 방망이버섯 종류인지 분간하기 어려운 종이 있었다. 크기는 새끼손가락만 한데 모양은 방망이버섯 모양이어서 방망이버섯으로 보고 확대경으로 보니 표면에 자낭각이 매몰된 것이 보였다. 색깔은 거의 백색이었고 썩은 고목에서 홀로 발생하고 있었다. 왕바이 연구원도 자기도 처음 보는 것이라고 고개를 갸우뚱거린다. 주위를 돌아보니 몇 개 더 발견하였지만 사진 찍기가 여간 불편한 것이 아니었다. 모양은 방망이버섯을 닮았고 또 발생 장소는 나무이고 표면의 미세구조는 동충하초를 닮았으며 나는 곳은 곤충이 아니라서 연구할 가치가 있다고 생각되었다. 동충하초가 반드시 곤충에서만 나는 것은 아니고 고목에서 나는 종류가 있다는 것은 이미 제주도에서 발견된 바가 있다.

지하세계의 풍경

오늘은 내가 지하삼림의 끝까지 채집도 하고 구경도 하자고 하여 억지로 왕바이 연구원을 끌고 아래로 내려가기 시작하였다. 거의 100m 정도를 아래로 내려갔다. 그래서 지하삼림이란 이름을 붙인 것이다. 왕바이 씨는 차라리 돌아가고 싶은 심정일 것이다. 왜냐하면 그는 이곳에 자주 오기 때문에 힘도 들고 피곤할 테니까 당연하리라 생각되었지만 나로서는 이런 곳을 구경하기란 그리 쉽지 않은 곳이다. 나무로 된 계단, 나무로 만든 길을 따라서 지하삼림의 끝까지 내려갔다.

도중에 폭포로 가는 길을 지나서 사람들이 많이 가는 길로 따라가니 유치원의 놀이처럼 몇 군데의 샛길로 나누어져 있었다. 거기에는 몇백 미터의 낭떠러지 절벽으로 되어 군데군데 갈라진 암벽 사이로 물이 흐르고 있었고 잘못하여 암벽 사이로 떨어지면 꼼짝

없이 죽겠구나 하는 생각이 들었다. 지하삼림의 끝까지 가니 거기에 있는 관리인인지 아니면 우연히 만난 사람인지 왕바이 연구원과 한참 떠들어 대었다. 거기에 사슴상도 있고 특히 눈길을 끈 것은 우뚝 선 바위 하나가 있는데 왕바이가 "도그 도그" 한다. 개를 닮았다는 것이다. 정말 옆에서 보니 개의 형상이고 코가 인상적이었다. 사실 이곳에서 낭떠러지의 반대편 숲속에서 채집을 하려고 하니 힘도 들고 왕바이도 지친 듯 푹 퍼지는 것 같아서 채집은 포기하고 지하삼림의 끝에서 멀리멀리 보이는 숲의 바다를 카메라에 담았다.

이곳은 거의 한족인 중국 사람만 오는 것 같았고 조선족이나 우리 한국 사람은 거의 없는 것 같았다. 여기로 오는 관광객은 가족 단위이거나, 한동네 사람들이 무리를 지어서 오는 것 같았다. 어린아이부터 노인에 이르기까지, 그리고 입은 옷이나 신발을 보면 샌들에서 등산화, 옷은 거의 외출복 차림이지 등산복을 입은 사람은 아주 드물었고, 자유스러운 분위기 차림이다. 연인들은 한국 못지않게 손을 잡고 정답게 관광하는 모습은 한국의 젊은이들과 비슷하다.

지하원산림

지하삼림의 도그(dog) 앞에서

내려갔던 길을 올라오는 길은 그야말로 고역이었지만 겨우 겨우 매표소까지 왔다. 거기에는 왕바이 부인과 운전수가 기다리고 있었다. 그런데 왕바이 부인이 버섯을 연구하는 마누라 아니라고 할까 봐 버섯을 한 바구니 따 가지고 기다리는 것이었다. 하기야 우리가 채집하러 숲속으로 간 다음에 할 일이 별로 없을 수밖에 없어서 노느니 염불한다고 매표소 주위의 숲속에서 채집한 것 같았다. 또 딸을 보러 장백산 입구까지 갔다 왔겠지만 하루 종일 딸하고 있을 수는 없을뿐더러 일하는 딸에게 방해가 될 테니 말이다.

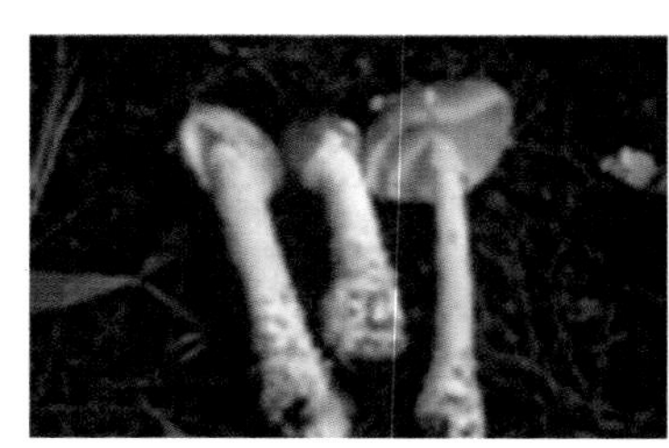

예쁜 광대버섯

원시림은 버섯세계의 천국

왕바이 부인이 채집한 버섯들 가운데서 특히 광대버섯은 그야말로 크기가 팔뚝만 한 처음 보는 버섯으로 왕바이 연구원도 신종이 아닌가 흥분하고 있었다. 매표소 근처에서는 버섯을 찍을 만한 곳이 없어서 오다가 중간에 내려서 찍게 되었다. 팔뚝만 한 광대버섯은 노란색이고 균모에 주름 무늬가 있고 자루는 뱀 껍질 모양의 인편이 있었다. 쟈바달걀버섯 (A. hemibapha var. javanica)의 형태를 닮았는데 쟈바달걀버섯과는 여러 면에서 달랐다. 길가의 나무 아래서 여러 형태로 찍었다. 다음은 노루궁뎅이버섯류인데 손으로 만지게 되니 자꾸 침들이 시들시들하여져서 안타까웠다. 그럴 수밖에 없는 것이 주먹만 한 것을 나무에 걸쳐서 찍으려니 자꾸 미끄러지니 어쩔 수가 없었다. 사진찍기가 여간 힘든 것이 아니라는 것은 버섯을 찍는 사람들은 누구나 경험한 사실이다. 다음에는 검정 검정그물버섯류를 바구니에서 꺼내서 땅에 놓았으나 자연 상태 그대로 찍지 못하는 아쉬움은 어쩔 수가 없었다.

이곳은 울창한 숲의 나무들 때문에 도로는 벌써 어둠이 깔리고 있다. 사진을 다 찍고 이제 숙소로 귀가하면서 내일은 장백산의 원시림으로 가기로 하였다. 숙소에 도착하여 왕바이 씨와 오늘 채집한 것을 왕바이 연구원 아파트 부속 건물의 연구실 앞에서 꺼내어 햇볕에 널어놓으면서 하나하나 정리를 하여 나갔다. 내가 연구실이라 한 것은 아파트 뒤쪽의 부속 건물로 살림도구를 보관하는 곳이다. 왕바이는 그곳에 버섯을 채집하면 건조하여 보건하고 버섯을 관찰 연구하고 있어서 내가 붙인 명칭이다. 왕바이 씨와 버섯정리를 하는데 이번엔 웬 여자가 왕바이 씨의 버섯정리를 도와주고 있었다. 나를 보더니 씩 웃는다. 어떤 관계인지는 몰라도 우리나라 같으면 자기 부인도 잘 도와주질 않을 일을 도와주니 내 머리가 혼란스러웠다. 나 같은 속물들의 어이없는 의심에서 오는 망상인지도 모른다. 어쩌면 왕바이 부인의 친구이거나 친척일지 모른다. 아마도 문화적 인식차이에서 오는 것 같았다. 버섯채집을 하고 정리하는 일은 버섯을 채집할 때보다 힘들고 귀찮고 하기 싫은 일이다. 채집할 때 번호를 매기면서 봉투에 넣었는데 막상 돌아와서 꺼내보면 봉투만 있고 표본은 없는 경우도 있다. 표본이 사그라들어서 도무지 형태를 알아보기 힘든 것도 있다. 또 번호가 중복되거나 하여 혼동도 많다. 처음에 채집한 종류와 나중에 똑같은 것을 채집하는 경우도 많고, 썩고 하여 정말 버섯 연구의 어려움이 있게 된다. 가장 좋은 방법은 여유 있게 5~6개 정도만을 채집하여 그 자리에서 균모, 주름살, 자루, 서식지의 환경 등을 조사하고 기록하는 것이 가장 좋은데 나한테는 그런 여유가 없는 것이 언제나 안타까울 뿐이다. 이렇게 먼 곳까지 와서 채집을 하게 되니 무리하게 되고 사실 또 언제 올지 모르고, 매년 오기로 하였지만 어디 그것이 그리 쉬운 일이 아니라는 것은 이런 작업을 해 본 사람은 다 아는 사실이다. 실제 나도 2년 동안 이런저런 일로 장백산에 매년 오기로 했던 약속을 지킬 수가 없었던 것이다. 물론 한국에서도 내가 사는 주변의 산을 갈 때는 여유가 있지만 조금만 먼 곳에 채집을 갈 때는 오늘과 같은 잘못을 범하는 것을 보면 나의 성격의 탓인지 아니면 역마살이 끼어서인지 나도 아리송하다. 여관의 숙소에 돌아오니 오늘은 방을 바꾸었다고 다른 방으로 짐을 옮겨 놓았다.

조금은 놀랄 수밖에 없었다. 그래서 우선 내가 가지고 온 돈이 제대로 있는지를 확인하였다. 이 방은 욕실도 화장실도 없다. 공동 화장실을 쓰라고 한다. 목욕할 때에는 맨 아래층 방의 욕실을 사용하라고 한다. 어쩔 수 없지 않은가. 내가 쓰던 방에 많은 손님을 받기 위한 것이었다. 당연하다는 표정이다. 나는 내 물건들이 없어지지 않은 것만도 다행이라고 위안을 할 수밖에 없었다. 나 혼자보다는 여러 사람을 받으면 수입이 많아지기 때문이었다. 오늘도 아파트의 음식점에서 왕바이 연구원과 꼬치구이, 두부 같은 국으로 밥을 먹고 숙소에 돌아오니 내가 옮겼던 방에서 한족인 중국 사람들이 화투 같은 놀이를 하느라 떠들썩하였다. 밤에는 왕바이 연구원이 오늘 채집한 신종으로 생각했던 자바달걀버섯 비슷한 것이 예쁜광대버섯(Amanita hemibapha var. formosa)이라고 한다.

"균모의 지름은 4.5~16.0cm이고 둥근 산 모양에서 차차 편평하여지며 약간의 희미한 줄무늬 선이 가장자리까지 있다. 표면은 바랜 황색에서 오렌지 황색으로 되었다가 가장자리 쪽으로 밝은색이다. 표면은 밋밋하고 습기가 있을 때 약간 끈적기가 있으며 백색의 큰 막편의 인편이 점점이 분포한다. 살은 백색이고 표피 아래는 황색이다. 주름살은 자루에 끝붙은주름살로 밀생하며 폭은 넓은 것과 좁은 것이 있으며 바랜 크림색이다. 자루의 길이는 4.0~15.0 cm, 굵기는 0.7~3.0cm로 백색에서 크림 또는 바랜 황색으로 되며 미세한 털과 인편이 있다. 자루의 속은 차 있다. 턱받이는 자루의 위쪽에 부착하고 탈락하기 쉽다. 포자의 크기는 8.7~12.9x 6.3~7.9㎛로 광타원형이며 멜저액 반응은 비아미로이드(nonamyloid) 반응. 포자문은 백색. 여름에 숲속의 땅에 단생 또는 군생하며 가끔 균륜(fairy ring)을 형성. 독버섯이다. 한국, 중국, 일본, 유럽, 북미에 분포한다." 왕바이는 집에서 정말 신종인가 아닌가를 도감을 보고 조사하였던 것이다. 이 버섯은 아직 한국에서 발견이 안 된 종류다. 오늘은 50여 종의 버섯을 채집하였고 특징들을 왕바이 연구원과 토론하면서 기록하였다.

운전에는 만만디가 없다

8월 8일, 오늘은 새벽부터 비가 부슬부슬 내린다. 창밖을 보니 하늘이 시꺼멓다. 그런데 왕바이 연구원의 집으로 밥을 먹으러 갈 즈음에 비가 슬슬 그치고 동쪽이 밝아 와서 다행으로 생각했다. 이 먼 곳까지 와서 비가 내리면 꼼짝없이 공치게 마련이다.

오늘은 장백산의 원시림으로 채집하러 간다. 차가 하도 빨리 빨리 달려서 운전수에게 만만디(漫漫的) 하고 자꾸 이야기하였지만 운전수는 재미있다는 듯이 자기도 만만디 하고는 조금도 속력을 늦추지 않는다. 차가 없는 곳에서 달구지나 다른 차를 추월할 때는 괜찮은데 앞에서 무시무시한 트럭이 오는데 빤히 다른 차를 추월할 때는 조마조마하였다. 충돌하면 어쩔까 하는 조바심이 나는 것이 한 두 번이 아니었다. 중국의 만만디는 고사에서 그들의 대륙적 기질을 나타내는 말이지 지금의 중국 젊은이들에게는 어쩌면 우리처럼 고사로만 느껴질 것이라는 인상이다.

장백산 입구에 도착하여 오른쪽에 빈 공터에 차를 주차하고, 거기서 원시림으로 들어갈 참이다. 한마디로 입장료를 내지 않는 루트인 것이다. 우리는 채집 준비를 하고 운전수는 거기서 기다릴 판이다. 왕바이를 따라 오솔길을 따라가니 계곡이 있는데 통나무가 걸쳐있는 곳으로 왕바이 연구원이 건너고 나는 통나무를 건너자니 개울에 빠질 것만 같았다. 왕바이는 익숙하게 건너고 내가 위험스러운지 나를 부축하여 나도 무사히 건넜다. 바로 또 개울물이 흐르고 있었는데 거기는 다 부서진 문짝 같은 것이 걸쳐 있어서 쉽게 건널 수 있었다. 우리 말고도 다른 중국 사람들도 돈을 내지 않는 이곳을 이용하여 원시림으로 들어간다는 것을 쉽게 알 수 있었다.

자 이제부터가 본격적인 원시림이다. 밤에 비가 내린 탓으로 모두가 축축하여 버섯 발생에는 최적의 조건을 갖추고 있었다. 처음 만난 것이 무더기로 난 깔때기버섯(Clitocybe conatum)을 채집할 수가 있었다. 조금 더 가로질러가니 길이 나타났다. 아마도 임도(林道)랄까 아니면 무슨 군사작전 도로로 생각되는 큰 도로로 자동차가 다니는 흔적이 있고 원시림 속으로 뻗어 있었다.

원시림의 원색 버섯

왕바이 연구원을 따라 더 들어가니 나타난 것은 방망이황금그물버섯(Boletimus paulster)이 원색 그대로 나타나 있었다. 여기저기 난 것 중에서 몇 커트를 찍었다. 그리고 껄껄이그물버섯, 싸리버섯 등을 채집하였다. 다시 길을 따라가는데 비가 다시 조금씩 내리기 시작한다. 아직은 많이 오는 비가 아니어서 채집을 하면서 가는데 웬 중국 사람들의 한 무리가 나타났다. 그들은 카키복 차림의 옷과 어떤 사람은 아예 웃통을 벗었다. 산적이나 잔당을 토벌하는 사람들이 주로 입는 옷차림이다. 왕바이 연구원도 그들을 모르는지 인사도 없다. 이런 원시림의 길에서 꼭 소설이나 영화에서 본 람보 차림의 몽둥이를 들고, 자루 같은 것을 가지고 있었는데 무언가를 채취해 가지고 오는 모양 같았다. 사실 나는 섬뜩하였다. 나는 괜히 오싹한 느낌을 받았고 간이 콩알만 할 수 밖에 없는 것이다.

그들이 지나가고 나서부터는 빗줄기가 굵어지고 하늘을 보니 시꺼먼 구름이 몰려오고 있었다. 왕바이 연구원은 이 비가 대단한 비를 몰고 오고 있다는 것을 아는지 서둘러 오던 길을 다시 돌아서서 거의 달리다시피 하였다. 처음에 건넜던 개울까지 와서 다시 조심스럽게 건넜다. 비는 억센 소나기처럼 내린다. 우린 서둘러 타고 온 차로 오니 운전수는 팔자 좋게 의자를 뒤로 제쳐놓고 자고 있었다. 일단 차 속으로 들어가서 신발을 벗고 신발의 물기를 털었다. 옷을 벗어놓고 채집품은 뒤 트렁크에 넣었다. 오전 중이므로 집으로 되돌아가기는 아직 일렀다. 그래서 우리도 차 속에서 비가 그칠까 하여 등받이를 뒤로 젖히고 눈을 붙였다. 한참 쏟아지던 비가 그치는 듯싶었고 그래서 일단 점심을 먹었다. 그 사이 운전수는 주위에서 무당버섯 등을 채집하여왔다.

오락가락하는 비 때문에 언제 비가 올지 몰라서 우리는 개울을 건너지 않고 그 주위의 숲속으로 들어갔다. 커다란 고목이 쓰러져 있고 그 밑으로 다니면서 채집하고 사진을 찍었다. 오전 중에 비가 왔기 때문에 여러 가지로 애로 사항이 많았다. 특히 흰색의 무당버섯류가 많이 발생하고 있었다. 오늘은 비 때문에 30여 종을 채집하는 데 그쳤다.

눈알애기무리버섯

하루에 봄, 여름, 가을, 겨울을 경험할 수 있는 백두산

다른 날보다 일찍 숲속을 빠져나왔다. 역시 운전수가 어디서 버섯을 많이 채집하여다 놓고 히죽히죽 웃으면서 사진을 찍으라고 한다. 이제 하늘은 언제 비가 내렸냐는 듯이 파란 하늘로 눈부시게 햇볕이 내리쬐고 있다. 이것이 장백산의 변화무쌍한 날씨인 것이다. 차를 타고 오면서 내가 내일은 장백산자연사박물관을 가자고 하였다. 왕바이 연구원은 오늘 원시림을 채집하고 내일은 다른 루트로 가서 침엽수, 활엽수림 등이 있는 곳으로 올라가서 위에서부터 내려오면서 차를 멈추고 숲으로 들어가서 채집을 하고 또 차로 내려오다 채집할 계획이었다. 그런데 오늘 원시림 채집이 시원치 않아서 내일 다시 원시림을 채집하겠다고 한다. 차를 타고 오는데 교통순경이 차들을 검문하고 있었다. 물론 나는 앞좌석에 앉았으므로 안전벨트를 매고 있었다. 그런데 재미있는 것은 세워놓고 별 대수롭지 않은 말만 하는 것 같았다. 무얼 조사하는 것도 없다. 그리고 운전수와 오랜 친구를 만났다는 듯이 웃고 떠드는 것이 도대체

무엇 하러 차를 검문하는지 모르겠다. 역시 반대편에서 오는 차들도 세워놓고 떠들기는 마찬가지였다. 우리나라에서는 교통순경이 서라는 신호를 보내오면 가슴이 덜컹 내려앉고 내가 무슨 교통법규를 위반하였나 가슴이 떨린다. 별 잘못한 것도 없는데 괜히 기분이 안 좋고 기분이 나쁜 마음을 가지게 되는데 여기서는 시골의 한적한 곳이어서인지 마치 심심하니까 차를 세워놓고 이야기를 하는 느낌이었다. 1990년대에 국제균학회가(IMC-4)가 독일의 레겐스부르크에서 열린 적이 있다. 학회가 끝나고 레겐스부르크에 유학 중인 학생 부부와 알프스를 관광할 때 과속을 하였는지 경찰이 번개같이 나타나서 차를 세워놓고 딱지를 떼던 생각이 난다.

오늘은 다른 때보다 일찍 돌아와서 다시 왕바이 연구원의 간이 연구소(내가 편의상 아파트 앞 창고를 부르는 이름)에서 도감을 놓고 채집표본들을 조사하였다. 왕바이 연구원이 가지고 있는 최신의 도감은 프랑스 사람인 코트위시가 쓴 도감(Les Champignons De France)과 필립스(Phillips)의 아메리카 버섯도감 등으로 전부 복사한 것인데 제본도 안 하고 그냥 노끈으로 가운데를 꿰매 놓은 것들이었다. 그래도 아무 스스럼 없이 왕바이 씨는 내게 보여주면서 이 버섯인가 저 버섯인가 열심히 버섯을 찾고 있었다. 사실 나는 허리도 아프고 힘도 들고 하여서 쉬고 싶은 심정이었다. 물론 왕바이 연구원보다는 내가 더 힘이 들 수밖에 없었다. 나는 카메라 셔터를 하루에 200번 이상 눌러 댄다는 것이 보통 일이 아니다. 그것도 허리를 굽혔다 폈다가 털썩 주저 앉았다 하기를 반복하면서 말이다. 오늘은 채집한 번호와 버섯이 잘 맞지 않고 햇볕에 널어놓으면 바람에 날아가서 애를 먹으면서 간신히 정리하였다.

일을 끝내서고 저녁 먹으러 가면서 왕바이 부인을 만났는데 부인은 아파트 앞의 의자에 앉아서 다른 사람하고 잡담하고 있었다. 분명 왕바이 연구원이 나랑 저녁 먹으러 가는데 아무런 반응이 없다. 저녁은 부부가 각자 알아서 해결하는 모양이다. 그러니까 우리가 음식점으로 들어가든 말든 왕바이 연구원이 알아서 해결하라는 뜻 같았다. 이곳 사람들의 관습이 아닌가 생각되었다. 이번에도 아파트 음식점에 들어가서 저녁을 시켜놓고 기다리는데 젊은 남녀 두 쌍이 역시 저녁 식사하러 들어 왔다. 놀란 것은 여자들의 미니 청바지였다. 정말 아슬아슬할 정도로 짧아서 중요한 곳이 보일 정도였다. 거기다가 의자에 다리를 꼬고 앉으니 말이다. 거의 굴속 같은 조명 아래서 맥주와 밥을 먹고 숙소로 돌아왔다. 오늘은 방 청소를 깨끗이 해놓고 자두, 포도가 티 테이블에 놓여 있었다. 오랜만에 과실을 먹게 되니 보는 것만으로도 반가웠다. 여관 주인의 커다란 배려다. 사실 나처럼 장기 투숙하는 손님이 없다. 가만히 보면 손님은 많지 않으니 나 같은 사람은 특별 대우가 필요하다고 생각한 모양이다.

인편이 너무나 뚜렷한 껄껄이그물버섯

오늘은 많이 보았던 껄껄이그물버섯에 대하여 조사하였다. 자루에 상처를 주면 변색하는 것들이 있는데 어떤 것은 남색, 어떤 것은 흑색 등이 있기 때문에 다시 채집할 때를 기억하면서 기록하였다. 왕바이 연구원과의 토론이 끝나고 3년간 찍은 사진 중 잘못 찍은 사진 10장 정도를 꺼내서 사진이 잘못된 곳을 일러주면서 다시 찍으라고 하

껄껄이그물버섯

였다. 내가 한국에서 견본으로 잘못된 사진 10장 정도를 가지고 간 것이다. 솔직히 말한다면 찍기는 상당히 많이 찍었지만 쓸 만한 사진이 별로 없는 것이다. 그것도 내가 꼭 필요로 하는 사진은 초점이 흐리고 너무 작거나 반대로 너무 크고 하여 불만이 많았다.

그래서 그림을 그리면서 피사체가 필름의 2/3 정도가 되도록 찍으라고 하였다. 사실 도감을 내려면 500여 종은 되어야 하는데 그렇지 못하니 좀 더 잘 찍도록 부탁하고 지금 내가 찍고 있는 마이크로 렌즈와 삼각대를 주고 가겠다고 하였다. 그리고 내일은 실제로 같이 실습을 하자고 하였다. 사실 왕바이 씨도 이 길림성에서는 특히 백두산의 버섯에 대해서는 훌륭한 균류학자이다. 장백산산균도지라는 도감을 비롯하여 약용식물도감의 버섯부분도 왕바이 씨가 집필하였다. 각종 버섯에 대해서는 왕바이 씨가 길림성의 것은 전담할 정도이니 대단한 학자인 것이다. 나보고 당장 도감을 많은 종을 싣지 말고 300종씩 계속하여 여러 권으로 발간하면 된다고 이야기하는 것을 보면 책 집필에 대한 지식도 만만치 않다는 것을 알 수 있었다.

원시림에서 고고한 자태의 꽃송이버섯

이번 탐험에서 오늘은 백두산으로 채집 가는 마지막 날이다.

밥을 먹고 역시 왕바이 연구원, 운전수, 나와 셋이 백두산 원시림으로 출발하였다. 오늘은 날씨가 화창해 바로 원시림으로 들어갔다. 우리는 원시림이라 하면 아름드리나무와 덤불로 우거져서 사람이 들어가기가 어려운 것으로 생각하지만 실은 그렇지 않다. 왜냐하면 높은 나무 때문에 밑에는 풀다운 풀이 별로 자라지 않고, 키도 작아서 큰 어려움이 없다. 오히려 햇볕이 많이 들지 않기 때문에 이끼류 같은 식물이 주로 자라고 있었다.

왕바이 연구원도 길에서 멀리까지는 들어가지는 않았다. 내가 보기에는 나올 때 길을 잃어버리지 않을까 하는 두려움이 있는 것이 아닌가 생각되었다. 이끼류라는 것이 한 번 밟고 지나가면 바로 원상태로 되어 도무지 표식이 안 되기 때문이다. 들어온 자리로 나오려고 해도 표시가 안 나니 엉뚱한 곳으로 나오기가 일쑤다. 하여튼 이끼류와 고사리 종류 같은 것을 헤치면서 숲으로 들어갔다. 의외로 버섯은 많이 발생하고 있지 않았다. 한국에서는 숲에 들어오면 모기 때문에 귀찮은데 여기는 별로 모기도 없었고, 다른 곤충도 발견이 안 되었다. 어제 비가 내렸기 때문인지 아니면 아직 따뜻한 햇볕이 숲속을 덜 비추기 때문인지는 분명치 않았다. 내가 가장 싫어하는 뱀 종류는 하나도 발견을 할 수가 없었다.

오늘은 노린재동충하초를 발견한 점이 특이하였다. 동충하초류가 많으리라 생각되었는데 생각보다는 종류가 적었다. 아마도 숙주생물인 곤충류가 적기 때문으로 생각되었다.

꽃송이버섯

꽃송이 버섯을 발견하여 10여 장 찍을 수 있는 행운을 얻었다. 이렇게 자기 원래의 싱싱한 색깔을 가지고 있는 것을 본 적이 없었다. 한국에서 발견한 것들은 색이 하얗게 바랜 것이 대부분이었는데 연노랑을 약간 가미한 듯한 루비 보석 같은 빛을 발산하고 있어서 가슴이 뛸 정도였다. 살아있는 나무 밑동에 이끼류가 둘러싸서 마치 이끼류의 보호를 받는 듯한 자태를 뽐내고 있었다. 왕바이 씨는 하도 많이 보아서인지 대수롭지 않게 생각하지만 나로서는 장백산에서 처음 보는 것이어서 신비롭기까지 하였다. 균 분리도 하여야겠고 새로운 어떤 성분을 가지고 있을 것 같아서 통째로 채집하였다. 이곳에서는 개울물 소리가 우렁차게 들리는데 실제로 개울이 흐르는 것을 보기가 쉽지 않았다. 개울들이 거의 이끼류가 덮여 있는 곳이 많았다. 다행히도 이런 개울을 건널 때는 통나무가 쓰러져 있어서 건너는데 미끄러움만 조심하면 되었다.

사실 오늘은 채집을 하지만 그동안 너무 진이 빠져서 조그만 숲을 헤치거나 사진을 찍으면 허리가 아파서 빨리 시간이 흘러서 원시림을 빠져나가고 싶은 심정이었다.

일생에 한 번 자기를 마음껏 자랑하는 등적색끈적버섯

등적색끈적버섯

땀버섯류, 콩나물버섯류, 혓바늘목이, 애주름버섯류를 채집하였으며 특히 내가 찾으려고 애썼던 등적색끈적버섯의 빨간색 그대로 그야말로 색이 하나도 바래지 않은 것을 찍을 수 있었다.

지금까지는 색이 바래고 하여 실제로 보면 다른 종류와 뚜렷한 차이점을 찾기가 쉽지 않았기 때문이다. 그래서 다른 종류로 착각하기 쉬운 종류였는데 외국 도감에서 본 것과 똑같은 것을 보니 반갑기까지 하였다. 축축한 고목에 이끼류와 함께 발생하는 구멍장이버섯류가 고목을 썩히는데 그 주위로 이끼류가 감싸고 버섯의 가장자리에 이끼류가 나는 것을 보면서 생태계에서 이끼류와 버섯이 또 한 번의 생존 경쟁을 하는, 다시 말해 생물들의 종족 보존 본능을 다시 한번 실감할 수 있었다.

점심을 먹고 나서 오늘은 이심전심으로 숙소로 돌아가기로 하였다. 막상 돌아가려고 하니 무언가 서운한 감이 스치고 지나가고 있었다. 더 채집하고 싶은 생각, 빨리 나가서 쉬고 싶은 생각 등이 머리를 어지럽혔다.

장백산자연사박물관

원시림을 빠져 나와서 장백산자연사박물관을 가자고 하였다. 숙소로 돌아오니 오늘은 아직 시간도 많고 꼭 보고 싶은 장백산자연사박물관으로 갔다. 사실 우리나라는 국가적인 자연사박물관이 없는 것을 보면서 여기는 이런 곳에도 자연사 박물관이 있다는 것은 부럽기도 하였고, 한편 마음속으로 부끄럽기도 하였다. 경제력이 조금 우리가 앞섰다고 하지만 실제로 문화 국가다운 그럴듯한 박물관 하나 없는 우리 현실이 서글퍼졌다. 숙소에서 그리 멀지 않은 곳에 있기 때문에 걸어서 갔다. 박물관을 중심으로 소위 장백산 보호연구소 사무실과 연구소가 있었는데 보호사무소는 간판이며 건물이 으리으리하게 크고 웅장하였다. 그러나 연구소 건물은 좀 초라하였고 왕바이는 자기가 근무하면서 버섯연구를 하던 2층의 방을 가리키면서 감회에 젖는 것 같았다.

장백산자연사박물관을 들어가기 위해서 매표소에 가니 5명이나 되는 사람들이 사무실에서 표를 팔고 있었다. 입장객도 없는데 5명이나 필요한지 의아한 생각이 들지만 중국의 모든 곳에서 흔히 볼 수 있는 광경이다. 1995년에 한중균학심포지엄에 참석차 중국에 갔을 때 심포지엄이 끝나고 자금성을 관광하다 화장실을 가니 요금을 받는데 남녀 화장실 구분하여 각각 요금 받는 사람이 따로 있는 것을 보고 놀란 적이 있다. 입구가 한 곳이므로 한 사람이면 충분한데 말이다. 이것이 사회주의의 맹점인 것이다. 일자리는 적고 취업할 사람은 많고 하니 불필요한 곳에 사람을 배치하게 되고 따라서 급료가 낮으니 일의 능률이 오를 리가 만무하다. 그러니까 부

장백연구소 방문

수입을 얻을 수 있는 부정부패가 있게 마련인 것이다. 왕바이 연구원이 그들과 잘 아는 사이인지 무어라 한참 이야기를 하더니 표를 사지 않고 무료로 들어갔다. 입구에서 가족 단위의 관람객이 있었고 들어가니 별 볼 만한 것은 없었다.

전시실에도 가족 단위의 관람객 외에는 별로 관람객이 없어서 썰렁하였다. 백두산의 천지에도 괴물이 있다는 사진을 보면서 어느 나라나 유명한 호수가 되려면 그럴듯한 전설이나 괴물이 있다는 이야기가 있어야 하나 보다. 영국 레딩대학에 방문교수로 갔을 때 네스호수의 입구인 인버네스에 갔을 때의 생각이 떠올랐다. 네스호수에도 네스라는 괴물이 있다, 없다로 지금도 이야깃거리가 되고 있는 것을 보면서 백두산 천지에도 괴물의 흔적, 흔적이라야 천지에서 찍은 조그마한 하얀 물체가 이동한 모습을 찍은 것을 걸어 놓

장백산자연사박물관

백두산 호랑이

박물관 안

고서 천지의 신비함을 보여주고 있었다. 괴물이라기보다는 무슨 새가 물 위를 스치는 것이라고 말하는 사람도 있다. 왕바이 연구원에게 물어보니 시큰둥한 반응이다. 어쩌다 확인 안 된 이상한 물체가 움직이는 것을 보고 확대해석하여 세인의 관심을 끌려는 의도로밖에 보이지 않는다. 여러 가지 포유류 박제 동물 중에서 눈에 띄는 것은 백두산 호랑이의 표본이었다. 정말로 크기는 웬만한 송아지만 한 크기로 금세 으르렁거리면서 덤벼들 것 같은 기세였다. 박제된 표본을 보면서 원시림 어딘가에 혹시 살아남아 있을지도 모른다는 생각을 하였다. 다음번에 백두산 호랑이와 맞닥뜨려 호랑이 사진을 찍었으면 하는 상상을 하여 보았다.

기념품 가게에는 여러 가지 약초 술, 수건 등이 있었는데 그중에서 백두산의 버섯도감을 하나 샀는데 사진이 조잡하여 사진기술이 우리보다 뒤떨어졌음을 알 수 있었다. 무엇보다 색 분해가 좋지 않았다. 사진들은 중국 대륙의 기질답게 전부 큼직큼직하게 실었다. 너무 사진을 확대하여 조잡하게 되지 않았나 생각되었다. 하여튼 백두산의 버섯도감이 원색으로 발간되었다니 반가웠다. 왕바이의 도감은 흑백에다 지질도 좋지 않은 것을 썼다. 그 외에 백두산의 약용식물도감 등이 있었다.

구경을 마치고 숙소로 돌아와서 오늘 채집한 것을 정리하는데 장백연구소에 근무한다는 조선족 한 사람을 소개받았다. 처음에는 중국 한족이려니 했더니 왕바이 연구원이 조선족이라고 소개를 하는데 그는 장백보호연구소에서 식물을 담당하고 있었다. 그래서 반갑게 인사를 하고 말이 잘 통하니 내가 이것저것 물어보았다. 우선 왕바이 씨는 같이 근무하다 몇 년 전에 구조 조정에 걸려서 물러났다는 것이다. 나는 지금까지 30년 정도 근무하면 나이와 관계없이 정년인 줄 알았는데 그게 아니었다. 그래서 균류 담당이 한 사람인데 어떻게 구조조정 대상이었느냐고 하니 공산주의 국가에서는 전문가가 그리 중요하지 않다는 것을 의미하는 것으로 생각되었다. 식물 담당이지만 연구소에서 별로 연구할 과제가 없는 모양이었다. 이렇게 생물자원이 풍부한 이곳에서 이런 연구의 필요성을 이야기하니 현재 연구소는 그럴듯한데 이런 방면에는 관심이 없다고 이야기한다. 지금 외국의 자본을 들여와 합작으로 자연사 박물관 건물을 대대적으로 짓고 있다고 한다. 이곳에 자연사 박물관을 지어서 입장료를 받으면 장사가 되리라 생각한 모양이다.

그리고 사진 이야기를 하니 왕바이 연구원의 고집이 세다고 한다. 찍는 법을 알려주어도 제멋대로 한다고 귀띔하여 준다.

노상의 자전거 수리

저녁을 먹으러 가는데 자전거를 고치는 광경을 볼 수가 있었다. 우리나라 60년대에 자전거 고치는 모습과 똑같았다. 다만 여기는 노상에 파라솔을 세워놓고 펑크를 때우는 모습이 재미있게 보였다. 하기야 이곳은 자전거 인력거와 자전거가 주 교통수단이니 자전거 고치는 곳이 많지만 이처럼 노상에서 고치는 것을 보기는 처음이다.

사진 찍는 기술

오늘 채집한 버섯을 정리하고 밤에는 다시 사진 찍는 요령에 대해서 둘이서 밤늦도록 의논하였다. 내가 진지하게 설명하니 왕바이 씨도 잘 순응하는 눈치였다. 조선족 사람이 이야기하여 줄 때는 자존심이 상해서 고집을 부리지 않았나 생각되었다. 최대한 조리개를 줄이고 시간은 길게 하여 찍을 수 있도록 삼각대도 내가 가지고 간 것을 주고 마이크로 렌즈도 내가 쓰던 것을 주었다. 그리고 처음부터 다시 찍으라고 필름도 4통이나 주었다. 그리고 왕바이 씨가 찍은 사진 16통을 받았다.

백두산 버섯의 수직분포

오늘은 용정으로 떠나는 날이다. 아침을 먹고 최 과장이 아직 올 시간이 안 되어서 왕바이 씨와 장백산 연구소로 갔다. 그곳에서 관리하는 화원에는 백두산 등에서 이식하여 심은 멸종 위기종이나 귀한 종의 식물들을 재배하고 있었다. 그리 큰 면적은 아니지만 그래도 종 다양성 보존을 위하여 노력하고 있는 것이 부러웠다.

왕바이와 백두산 버섯에 대한 이야기를 나누는 중에 새로운 사실은 백두산에는 식물도 수직분포를 나타내지만 버섯도 수직분포를 나타낸다는 것이다. 식물의 수직분포는 활엽수, 침엽수, 관목대, 초원대 이끼류 이런 식으로 고도가 높아질수록 식물상이 다르게 나타나지만 버섯의 수직 분포는 그것이 아니고 높이에 따라 버섯의 발생량이 줄어든다는 것이다. 전체 발생량을 퍼센트로 계산하니 700m까지는 40%가 발생하고 1,000m까지는 30%, 1,800m까지는 20%, 2,000m 이상은 10%가 발생한다고 한다. 과연 수직분포에서 발생량으로 말하는 것이 타당한지 의심스러웠지만 재미있는 이야기임이 틀림없었다. 버섯은 고도와 관계없이 온도, 습도에 의해 발생이 좌우되는 것은 사실이다. 식물생태를 연구하는 전문가에게 어떻게 해석해야 할지 자문할 필요가 있다는 생각이 들었다.

8시 30분쯤 용정의 최 과장이 부인과 함께 나를 태우러 왔다. 아침 4시에 출발하였다고 한다. 아침을 먹지 않고 출발하였다고 하니 왕바이 부인이 식사를 하자고 자꾸 독촉한다. 먹기 싫다고 해도 최 과장 부부를 끌고 식당으로 끌고 간다. 자기 집으로 가는 것이 아니다. 우리 같으면 보통 자기 집으로 가는데 한족들은 그렇지가 않다. 연전에 서울대학의 임웅규 교수와 광동에 갔을 때 식당에 가면 중국 사람들은 아침을 먹으러 온 가족이 식당으로 몰려와서 먹기 때문에 매우 시끄럽고 혼잡하였던 기억이 있다. 실상 이곳에서의 식사가 중국 위안화로 20원~30원이면 충분하다. 우리 돈으로 환산하면 3천~4천 원이니 그럴 수밖에 없는 것이다. 그동안에 왕바이 씨가 연구비의 일부를 미리 김수철 교수한테서 받아 쓴 모양이다. 그래서 내가 준 돈으로 이런저런 계산을 하느라 옥신각신하는 모양으로 자꾸 시간이 지체된다. 모든 것이 잘 해결되었는지 출발하게 되었다. 그래서 다시는 미리 왕바이 씨한테 돈을 주지 말라고 신신당부하였다.

용정으로 출발하였다. 지난번 왔던 길하고는 이도백하에서는 달랐지만 중간쯤에서 원래의 길로 들어섰다. 오면서 조선족의 여러 생활상을 이야기할 수 있었다. 최 과장 부인은 용정의 시립 도서관에서 근무하는데 이런 접대할 사람이 있으면 와준다고 한다. 한말로 돈벌이를 하고 있다는 말이다. 그러면서 자기들의 급료가 너무 낮아서 한국에서 오는 관광객들을 안내하여 수입을 올리고 싶다고 솔직히 이야기한다. 그래서 자기들한테 연락하면 도착, 숙박, 관광 안내 등을 자세히 해주겠다고 한다. 그래서 이곳을 여행하고 싶은 사람이 있으면 소개하여 달라고 부탁한다. 그리고 자기 친척의 자식이 장춘대학에서 공부를 하는데 이번에 졸업반인데 어떻게 한국에 나가서 공부할 수 있는 방법이 없는지 알아 보아 달라고 한다.

점점 사회주의 국가도 취직을 보장하지 않는다

원래 사회주의 공산국가는 모든 것이 평등한 사회이기 때문에 차별대우를 받지 않는다는 것이 이론상으로 되어 있다. 그래서 대학을 나온다든지 하면 국가가 책임을 지고 일자리를 마련하여 준다. 이제 중국은 그런 사실과는 거리가 멀게 되었다. 중국도 예전과 달라서 대학을 나온다고 취직이 되는 것이 아니고 소위 당 간부라든지, 백그라운드가 좋든가 아니면 많은 뇌물을 써야 취직이 가능하다고 한다. 그리고 중국서 공부한 것으로는 부족하고 외국 유학을 갔다 와야 유리하다고 한다. 이런저런 이야기를 들으면서 이제 중국은 사회주의 공산국가가 아니고 자본주의 국가의 초기 단계를 겪고 있다는 느낌이 들었다. 그래서 자기들도 나 같은 사람이 한국서 오면 직장 상사의 승낙을 받아서 안내하러 온다고 한다. 다시 말하면 돈벌이가 된다면 무슨 일이든지 하도록 권장하는 것 같았다.

오늘은 연길에 가서 항공권의 재확인(reconfirm)도 하고 내가 북한의 버섯도감을 구입하거나 아니면 복사할 수 있는 길이 있는지 알기 위하여 연변대학의 도서관으로 가기로 하였다. 이곳의 항공사는 연길시의 중심가에 있었는데 이곳에서 한꺼번에 연길국제공항을 드나드는 항공사들의 업무를 다 맡아보고 있었다. 우리나라는 항공사별로 일을 하는데 여기는 통합하여 업무를 보고 있었다. 사실은 지난번에 최 과장한테 "리컨펌(reconfirm)"을 부탁해서 항공권을 주었는데 본인이 아니고 여권이 없다고 재확인을 안 해주어서 오늘 다시 나랑 오게 되었다. 이곳에서 "리컨펌"을 하고 연변대학으로 갔다. 연변대학은 주로 조선족이 다니는 대학으로 규모는 상당히 커 보였다. 건물도 번듯하고 여러 채가 여기저기 세워져 있어서 한국의 여느 대학들과 같았다. 오늘은 학생들의 병영훈련이 있는 날인지 학생들이 땀을 뻘뻘 흘리면서 줄을 지어 이동하고 있었다. 중국은 지원병제도이지만 이렇게 대학생들이 여름에 훈련을 받으면 국가에 대한 병역 의무는 끝나는 것 같았다. 특이한 것은 여학생들도 훈련을 받고 있었으며 체구들이 좀 작아 보였다. 꼭 우리나라 중고등학교 학생들처럼 작은 학생들이 자기 키만 한 총을 들고 이동하는 모습이 안쓰러워 보였다.

자본주의 물결인 백화점 판촉행사

도서관은 방학 중이라 개관을 하지 않는다고 한다. 다행히도 최 과장 부인이 미리 오겠다고 연락해서 도서관을 구경할 수는 있었다. 내가 찾는 북한의 버섯도감을 물어보니 그런 책은 없다고 하면서 참고 열람실의 북한 서적이 있는 곳을 안내하여 준다. 책들은 1950년대의 책들로 문학, 철학, 과학, 문화 등으로 되어 있었다. 문학은 김일성 전집이 많았다. 북한의 경제가 좋았던 1970년대까지는 북한에서 발행된 책들을 도서관에 정기적으로 보내주었는데 경제가 나빠진 뒤로는 책이 오지 않는다고 한다. 전부 직원들이 조선족이어서 한국의 어느 대학을 연상케 하였다.

백화점으로 갔다. 대형백화점은 세일 기간인지 입구에서 가수들이 나와서 판촉행사들을 대대적으로 하고 있었다. 사회자며 노래 부르는 사람이며 모두가 우리나라와 비슷하였다. 중국이려니 생각해서 그렇지 한국의 어느 유명 백화점에서 하는 행사와 똑같았다. 그래서 사람들로 붐비고 있었다. 거리에서는 흔히 젊은 사람들이 웃통을 벗어젖히고 다니는데 전부 한족들이라고 귀띔한다. 더우면 한족의 남자들은 주위는 아랑곳하지 않고 옷을 벗는 관습이 있는 모양이다. 그래서 원시림에서 만났던 사람들도 옷을 벗고 있었던 것 같다. 최 과장 부부가 백화점으로 전에 산 옷을 바꾸러 간 사이에 나도 백화점을 돌아볼 기회가 있었다. 전자 제품 등을 돌아보니 세탁기, 냉장고 등 우리나라 백화점의 가전제품 전시장과 똑같은 형태의 전시였다.

백화점 세일

조선족자치구청사

연변 중심가(차량들로 붐빈다)

호텔에서 개고기를 포식

최 과장 부부와 같이 점심을 먹으러 호텔로 갔다. 거기에는 양식부, 한식부, 중국 요리부 등이 있었는데 우리는 한식부로 갔다. 거기서 나보고 개고기를 먹느냐고 물어서 내가 좋아한다고 하니 개고기와 순두부로 점심을 먹기로 하였다. 개고기는 수육으로 나왔는데 아주 맛이 좋았다. 향료를 넣지 않아서 오랜만에 포식할 수 있는 기회였다. 호텔 식당부에서 개고기가 나온다니 상상조차 할 수 없는 일이다. 그동안 제대로 먹지 못했기 때문에 배불리 먹었다. 순두부도 전통적인 순 한국식으로 조갯살로만 해서 담백한 맛이 괜찮았다. 이곳은 아직 북한 음식을 많이 고수하는 것 같다. 아무래도 북한 사람의 왕래가 많고 북한이 고향인 사람이 많기 때문일 것이다. 호텔은 한국에서 오는 사람들의 취향에 맞게 음식을 준비하고 있었다.

무척 더운 8월의 햇살을 받으면서 용정으로 출발하였다. 용정의 백화호텔에 투숙하게 되었다. 이 호텔 사장을 최 과장이 잘 아는 모양이다. 방을 정하고 처음으로 한국의 집으로 전화를 걸었다. 걸리지 않는다. 어떻게 여러 번 걸어서 겨우 통화를 할 수 있었다. 이제 최 과장은 자기 직장으로 돌아가고 나는 호텔 주위를 돌아보았다. 다행히도 호텔 직원과 함께 호텔 뒤의 민가 쪽으로 가보았다. 물어보니 전부 조선족이 살고 있다. 집들은 벽돌집 같은데 다 허물어지고 담들은 부서지고 하여 참 보기가 민망할 정도였다. 한말로 빈민굴에 가까운 상태였다. 조선족의 부유층들은 백화호텔 뒤쪽에 목욕탕이 있어서 많이들 목욕하러 오고 있었다. 역시 빈부의 격차가 심하다는 것을 알 수 있었다.

한국은 조선족의 선망의 대상

호텔에서 소위 차 문 열어주는 종업원이 한국에 대하여 자꾸 묻는다. 한국에 나가서 취직하는 것이 꿈이라고 한다. 한 달 전에 자기 아버지가 한국에 다녀 왔는데 한국에 나가서 취직하라고 한다고 하면서 여러 가지를 물어왔다. 그래서 봉급을 물어보니 너무 낮은 봉급이어서 어렵다고 한다. 자기는 컴퓨터는 비교적 잘한다고 한국에 나가서 이런 직종에 일하고 싶다고 한다. 한국에 나갈 수 있는 여러 방법을 묻는다. 그래서 한국의 친척이 초청하는 것이 제일 좋은 방법으로 알고 있다고 하였더니 자기 친척도 한국에 있다고 하였다. 저녁을 먹고 방에서 쉬고 있는데 최 과장이 왔다. 그러면서 오늘 나랑 같이 자겠다고 한다.

사실 나는 혼자 쉬면서 여러 가지 짐 정리도 하고 할 예정이었는데 같이 자겠다니 무어라 할 수 없어 승낙할 수밖에 없었다. 이도백하에서는 왕바이가 나랑 같이 자고 여기는 위험하지도 않은데 같이 자 주는 것은 처음엔 이상하였지만 내가 후에 생각하니 아주 소중한 사람과 같이 자 주는 것이 예의로 생각되었다. 그만큼 내가 그에게는 소중하다는 의미로 해석하였다. 나만의 자가당착적인 생각을 하니 마음이 편하였다.

저녁을 먹고 최 과장이 자기가 탈북자를 구해준 곳을 가보자고 해서 갔다. 냇가가 흐르는 곳에서 두 모녀가 사람 살려달라고 해서 가보았더니 북에서 넘어온 탈북자였다는 것이다. 그들을 안전한 곳으로 안내하였다고 자랑이 한창이다. 이곳은 조선족이 많이 살고 있어 탈북자가 꽤 많다고 한다. 신문에 보도가 안 돼서 그렇지 그 숫자가 상당히 많다고 한다.

거기서 용정의 문화센터휴식처가 만들어진 곳으로 갔다. 이미 해는 서산에 넘어갔고 어둠이 깔린 광장에는 많은 사람들이 나와서 휴식을 취하면서 놀고 있었다. 2년 전에는 없었는데 근래에 만든 것이라 한다. 한가운데에 분수대가 있고 그 주위로 원형의 앉는 돌계단으로 되어있고 조형물이 있으며 한쪽에는 배구장, 족구장 같은 것이 있고 또 어린이 놀이 기구도 있었다. 그리고 시원한 음료수를 파는 간이 포장마차 가게가 있어서 휴식 공간으로 잘 만들어져 있었다. 2002년에 오슬로 국제 균학회에 참석하고 스웨덴을 관광할 때 스톡홀름의 “세르겔” 광장을 연상케 하는 광장이었다. 용정의 거의 모든 시민들이 나와서 휴식을 취하는 것 같은 광경으로 많은 사람들이 휴식을 취하고 있었다. 한국에는 이런 것이 없는 도시가 많은데 중국의 이런 시설을 보면서 중국은 국민복지 시설에도 최고의 국가가 되리라는 생각이 들었다. 10시쯤 돌아와서 짐을 정리하고 잠자리에 들었다.

(힘들었던 백두산 버섯 채집여행을 뒤로하고…)

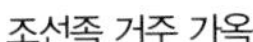
조선족 거주 가옥

백화호텔 앞에서(조덕현, 최명림)

용정의 백화호텔

아침을 먹으러 호텔의 식당부로 내려갔다.

최 과장은 이곳의 종업원들도 잘 알고 있는 모양이다. 지배인, 종업원 등 여러 사람과 인사를 한다. 뷔페식이어서 맘에 드는 음식을 골라서 먹었다. 비교적 깔끔했다. 조선족이 운영하는 식당이라 우리 입에 맞도록 만든 것이어서 먹을 만하였다. 손님은 많지 않았지만 외국인과 한국 사람이 동행한 사람도 눈에 띄었다.

아침을 먹고 일찍 연길국제공항으로 출발하였다. 연길공항은 다듬어진 공항은 아니지만 중국 대륙답게 넓은 주차장, 광장 앞 길가에 늘어선 선전 간판 등이 시원스럽게 설치되어 있었다. 연길공항을 보면서 앞으로 이 공항이 또 어떤 모습으로 바뀔까 생각하니 상상이 가지 않는다. 왜냐하면 하루가 다르게 중국은 발전과 변모를 달리하기 때문이다. 연길도 2년 전하고 다르게 고층건물이 자꾸 들어서고 있었다. 그래서 2년 전 보았던 곳이 다른 모습으로 변하여 있었기 때문이다. 중국을 그저 지저분하고 못 사는 나라로 생각했었는데 이곳의 풍경을 보면 한국의 웬만한 도시나 농촌 풍경보다 더 아름답게 변모하여 갈 것이라는 생각이 들었다. 지금은 조금 초라한 공항이지만 앞으로 이곳은 정말 대륙다운 국제공항으로 변모하리라는 생각을 하여 본다. 우선 공항에서 연길공항 신축건물을 위한 부가 요금을 받고 있어서 어느 정도 돈이 모이고 연변의 경제적 여건이 좋아지면 새 건물을 지을 것이 확실하기 때문이다.

공항에 실어다 준 고마움의 표시로 남은 돈 100위안화를 최 과장에게 건네주었다. 최 과장이 돌아가고 나서 나는 카트에 짐을 싣고 공항 대합실로 들어갔다. 아직 사람은 별로 없었지만 한국으로 떠나는 친지를 배웅하러 많은 사람들이 나와서 작별 인사를 하고 있다. 어떤 가족들은 헤어지기가 싫은지 아니면 다시는 못 볼는지도 모른다는 생각 때문인지 눈물을 흘리는 사람들도 있다. 연로한 분들은 어쩌면 이번의 친척 만남이 마지막일지 모른다.

어떤 묘령의 여인이 다가와서 자기는 연변에서 다큐멘터리를 찍는 사람이라고 소개하면서 짐을 부탁하는데 내가 감당하기에는 벅찬 짐이었다. 그래서 다큐멘터리를 이야기하여서 나도 관심이 많은 분야이므로 이것저것 물어보았다. 백두산의 자연생태를 찍는데 사장은 한국의 서울에 나가서 한국의 방송국을 상대로 수주 활동을 하고 자기들은 여기서 작품을 찍는다고 한다. 그래서 다음에 연변에 오면 안내를 해줄 수 있는지 등 여러 가지 궁금한 것들을 물어볼 수 있었다.

출국 수속 시간이 가까워지자 사람들이 한꺼번에 출국 수속대로 몰려서 매우 혼잡하였다. 이런 것이 선진국하고는 많이 차이가 나는 것 같았다. 공안원이 서서 질서 정리를 하지만 제대로 되지 않아서 어수선하고 복잡하였다. 복잡한 출국수속을 마치고 대합실로 오는 도중에 간이 면세점에서 진주를 샀는데 예전에는 깎아주었는데 이번에는 깎아주지를 않는다. 마지막 검사대를 지나서 대합실로 오니 꽤 많은 사람들이 대기하고 있었다. 대합실의 면세점에서 깨를 샀는데 이번에도 깎아주지를 않는다. 아마 깎아주는 것이 좋은 평판을 얻지 못하니까 판매 방침을 바꾼 것으로 생각되었다. 그래도 공항면세점이니 물품은 진짜라는 생각으로 샀다.

어제 최 과장 부인이 내가 김을 사다 준 답례로 우황청심환과 잣을 주어서 받아 가지고 왔고 왕바이 연구원한테도 김을 주었는데 최고라고 엄지손가락을 치켜올리며 나를 추켜세우던 모습이 선하다. 보답으로 왕바이 연구원은 인삼과 월견초 3뿌리를 주었는데 이것을 술로 담가서 먹으면 백두산도 한달음에 갔다 온다는 신비의 약초란다. 사람은 역시 정으로 사는 것이 중요하다. 내가 베풀면 꼭 고마움을 표시하는 것이 인간의 마음이란 생각이 들었다.

이제 모든 수속과 선물을 사고 탑승만 기다리게 되었다. 피곤한 몸으로 의자에 앉으니 중국에서 버섯채집을 하면서 겪었던 일들이 머리를 스치고 지나간다.

중국의 고구려 왜곡사

지금 한국에서 뜨거운 감자의 이슈로 대두된 중국의 고구려 왜곡사가 떠올랐다. 최 과장한테 물었을 때 자기는 아무 관심이 없다는 것이었다. 그것은 조선족들은 먹고살기에 급급해서 그런 문제까지 신경 쓸 여유가 없다는 것이다. 오직 그들은 돈을 벌 수 있는 궁

리만 한다고 보아야 할 것 같았다. 고구려 왜곡사를 한국에서 떠들어 보아야 얼마나 효과가 있을까? 정말 생활로 느끼고 생활하는 이곳 중국 조선족들, 조선족 자치구에서 살고 있는 조선족들이 얼마나 한국 사람처럼 울분을 터뜨릴까 하는 생각이 머리를 맴돌았다. 이곳의 조선족 학교에서 근무하는 선생님들, 그리고 지금 한창 배우고 있는 학생들이 이것을 깨닫는 것이 중요하지 않을까 하는 생각이 들었다. 실제로 선생님과 학생들하고는 접촉하지 못하였지만 다음번에 한 번 만나서 그들의 생각을 듣고 싶었다.

한국으로 시집온 조선족의 아녀자가 아이를 데리고 친정에 왔다가 다시 한국으로 돌아가는 사람을 만났는데 전북의 김제에서 산다고 한다. 나도 그 근처의 전주에서 왔다고 하니 매우 반가워한다. 그분들 덕분에 대합실에서 쉬고 있는 사진 한 장을 부탁하였다.

대합실의 한쪽 면에는 동양화 병풍이 가득히 채워져 무슨 화랑을 연상케 하였다. 한동안 다른 생각을 하다가 탑승시간이 되어 탑승이 시작되었다. 그런데 비행기가 탑승장 멀리에 있어서 공항 운동장을 걸어가서 탑승하였다. 비행기가 인천국제공항에 도착하니 정재연 연구원이 마중 나와 있었다. 몇 년 만에 만나는 느낌이 들었다. 그만큼 백두산 버섯 채집 여행이 고달팠기 때문일 것이다.

04

버섯을 먹고 사는 버섯

가는대덧부치버섯

정재연 연구원도 동행

백두산(장백산) 버섯 채집을 작년에 가려다 몸이 아파서 못 가서 올해는 꼭 가야 할 이유가 있었다. 작년엔 오뉴월에는 개도 안 걸린다는 감기에 걸려서 무척이나 고생하였다. 그 여파로 허리에 통증이 와서 의사가 여행하기에는 무리라고 하여 할 수 없이 갈 수가 없었다. 또 공동 연구하던 왕바이 연구원이 복직이 되어 나와 더 이상 연구를 할 수 없다는 것이었다. 이유는 근무 기관의 눈치가 보이기 때문이고 또 자원유출을 막으려는 중국 당국의 방침 때문인 것으로 생각되었다. 특히 한국 사람을 만나는 것을 꺼린다는 것이다. 그래서 내가 빌려준 카메라, 마이크로 렌즈 등을 받아와야 했기 때문이다. 연구비도 깨끗이 마무리하여야 하고 사실상의 계약이 파기되는 것도 알려줘야 했기 때문이다. 나는 먼저 이 연구를 주선한 연변대학 농학원의 김수철 교수에게 어떻게 마무리를 하면 좋을까 하는 서신을 4월에 보냈지만 아무 응답이 없었다. 중국 사람들은 물론 조선족도 중국화 되어서인지 느리기가 만만디여서 정말 우리로서는 답답하기 짝이 없었다. 나중에 안 사실이지만 편지는 언제나 김수철 교수의 아들 김상용 씨가 근무하는 용정 대외무역사무실로 보내면 아들인 김상용 씨가 아버지인 김수철 교수에게 전달하곤 하였다. 왜냐하면 김수철 자택으로는 배달사고가 일어날 확률이 높기 때문이었다. 그런데 아들인 김상용 씨가 작년 12월에 북한에서 용무를 마치고 돌아오는 눈길에 차가 전복하여 죽었다는 것이다. 3명이 탑승하였는데 다른 분은 부상만 입었고 김상용 씨만 죽었다는 말을 최명림 과장으로부터 듣고 마음이 너무 아팠다. 나는 그분을 만나지는 못했지만 그동안 김수철 교수와의 서신은 그 분의 사무실 주소를 이용하였기 때문이다. 다행히도 편지 겉봉에 김수철 교수의 전화번호를 적었기 때문에 그것을 보고 우체국에서 전화를 하여 최근에야 편지가 배달되었다는 설명이었다.

이번에는 2001년도에 같이 가려고 했던 정재연 연구원도 동행하게 되었다. 그때는 정 연구원이 말라리아 예방약을 먹고 고생하여서 갈 수가 없었다.

2007년 8월 16일 오전 9시에 전주 코아호텔에서 출발하는 리무진을 타고 인천공항에 도착한 시각은 오후 1시 10분이었다. 점심식사를 하고 3시 40분경에 비행기는 이륙하여 5시 50분경에 연길국제공항에 도착하였다. 연길 시각은 4시 50분. 비가 부슬부슬 내리고 있었으며 언제나 그렇듯이 통관 수속이 복잡하고 또 느린 템포로 수속을 하기 때문에 시간이 많이 걸린다. 사실 연길 쪽을 여행한 사람들은 알겠지만 제대로 한 번 시간에 맞춰 이루어지는 것을 본 적이 없다는 것은 널리 알려진 사실이다. 최명림 과장이 마중 나와서 반갑게 해후를 하였고, 이번에도 그 유명한 폭스바겐의 구닥다리 차를 몰고 나왔다. 뒤의 트렁크가 열리지 않아서 여러 번 시도 끝에 가까스로 열고 짐을 실었다. 이러다 보니 시간은 연길 시각으로 5시 30분이 넘어서고 있었다. 어두워지기 시작하는 어둠 속을 뚫고 폭스바겐의 구닥다리 차는 힘차게 출발하였다. 비가 내리다 말기를 반복하는 길을 따라 이도백하로 달리고 달렸다. 차가 고물이어서 승차감은 하나도 없고 그래도 길은 전부 포장이 되어서 잘 달릴 수가 있었다. 어둠 속에서 연길로 들어오는 차들과 교행할 때는 부딪히지 않을까 가슴이 조마조마하기도 하였다. 그만큼 차를 난폭하게 몬다고 해야 할까 아니면 차가 너무 고물이어서일까. 이도백하로 가는 밤길은 어디서 호랑이라도 뛰어나올 것 같은 으스스한 분위기다. 비가 내리는 칙칙한 어둠 속을 달리는데 가끔 산에서 굴러떨어진 바위와 나무가 길 가운데에 나뒹굴고 있어서 마음이 안절부절못하기도 하였다.

비가 내리는 어둠 속을 3시간 30분 정도 달려서 이도백하에 도착한 시각은 9시가 훨씬 넘어서다. 우선 숙소를 전에 묵었던 곳에 가니 만원이어서 중심가로 나와서 숙소를 정하고 뒤늦은 식사를 하였다. 식사는 청결 상태를 빼고 그런대로 먹을 만하였다. 숙소에 들어가서는 자연히 창밖의 빗소리에 신경이 쓰이기 시작하였다. 이렇게 비가 내리는 어둠 속의 위험을 무릅 쓰고 온 것은 내일부터 버섯채집을 위한 것인데 계속 비가 내리니 마음에 조바심이 안 일어날 수가 없었다. 빗소리가 조금 약하면 창밖을 내다보고 빗소리가 굵은 것 같으면 하늘을 원망하면서 잠을 설칠 수밖에 없었다. 최명림 과장의 말에 의하면 이 비는 일주일째 내리고 있다는 것이다. 비가 어찌 보면 비답게 내리는 것이 아니고 유행가 가사의 보슬비처럼 내리니 말이다.

길림장백산국가급자연보호관리연구소를 구경하다

8월 17일 이튿날. 비는 계속 내리고 마음은 어수선하였지만 신도 호텔로 밥을 먹으러 가니 휴무이어서 어제저녁 먹었던 곳에서 밥을 먹었다. 숙소가 어제 만원이어서 되돌아 왔던 명주병관 여관으로 정하고 그곳에 짐을 풀었다. 이 호텔은 2년 전에도 묵었던 곳인데 이제는 주인이 바뀌었는데 아들한테 물려주었다고 한다. 왕바이가 아침에 식당으로 와서 같이 식사를 하자고 하니 자기는 아침을 먹고 왔다고 해서 왕바이는 술만 마셨다. 비는 부슬부슬

장백산국가급자연보호관리소

산하 연구소

계속 내려서 왕바이와 함께 왕바이 연구원이 근무했던 연구소를 구경하기로 하였다. 연구소에서 식물 담당을 하는 책임자급 황상동(특산실주임고급공정사)을 만났다. 이 자리에서 우석대학교와 학술교류를 하면 어떨까 하는 생각에서 여러 이야기를 주고 받았다. 현재 외국과 2군데 학술교류를 하고 있다고 하면서 상당한 관심을 나타내었다. 장백산 연구원에는 크고 작은 13개의 연구소가 구성되어 있다는 것이다. 거기서 복직된 왕바이의 밑에서 버섯 연구를 하는 학생들도 만날 수 있었다. 이들은 아마 왕바이의 뒤를 이을 목적으로 장춘의 길림대학에서 왔다고 한다. 말하자면 미래를 위해서 장백산의 버섯 전문가를 양성하려는 것이었다. 사무실에서 물을 얻어 마실 수가 있었다. 마침 목이 타서 갈증이 나던 터라 물은 고마웠고 물 한 병도 얻었다. 왕바이가 실험하는 실험실을 구경할 수 있었는데 실험기구는 볼품이 없었지만 깨끗하게 정돈되어 있었다. 사실 어떻게 이렇게 허술한 실험실에서 좋은 결과를 얻는지 그들의 끈질김은 짐작이 가고도 남았다. 실험실을 구경하고 밖으로 나와 야외 식물원을 구경하였다. 2년 전에 구경하였던 곳이라 낯설지는 않았다.

내가 묵는 여관 앞에 왕바이 밑에서 연구하는 학생들의 숙소가 있는데 나는 처음에는 무슨 창고로 알았다. 그런데 거기가 그들의 숙소라고 한다. 창고 같은 건물에 우리나라 평상 같은 침대가 놓여 있는데 하루 자는데 중국돈 10위안이라 하니 우리나라 돈으로 천삼사백 원 정도다. 바닥은 흙이고 이불들이 침상에 덮여 있는데 정말 열악하기가 말이 아니었다. 그래도 그들은 불평이 없고 오히려 이것도 고맙게 생각한다는 것이다.

점심시간이 되기에는 좀 이른 시간이라 옆에 있는 장백산자연사 박물관으로 구경 갔다. 정문에는 구경 온 한 가족이 있었고 그 외 관람객은 없었다. 이번에는 정문에서 요금 받는 사람이 하나도 없어서 그냥 들어갈 수가 있었다. 두 번째 보는 곳이라 이곳저곳 특히 버섯보존 부분을 유심히 살펴보았다. 앞으로 버섯박물관도 하려는 나로서는 이번에는 의도적으로 꼼꼼히 보려고 노력하였다. 주로 영지를 채집하여 벽에 걸어놓은 것을 보았다. 기념품 가게에는 백두산에 관한 사진, 약용이 되는 재료, 공예품 등의 여러 가지 기념품들을 팔고 있었다. 그중에서 나의 관심을 끈 것은 북한 우표였다. 북한 버섯우표가 전지로 1장 있었는데 다른 우표와 함께 스크랩북에 넣어져 있었다. 사실 나는 북한 버섯우표만 사고 싶었는데 안 된다고 하여 할 수 없이 스크랩 전체를 살 수밖에 없었다. 120원을 주었다. 우리 돈으로 환산하면 14,000원 정도.

조선족의 박물관장

최명림 씨와 왕바이의 안내로 박물관장실로 들어갔는데 이 자연사 박물관의 책임자는 길림장백산과학연구원 장백산자연박물관이라는 긴 이름으로 직함은 원장조리, 관장 등으로 박노국이라는 조선족이었다. 사실 이런 자리가 얼마나 높은지는 몰라도 자연사박물관의 최고 책임자라는 것이 나는 자랑스러웠다. 사무실에는 사무원 1명과 관장이 전부였다. 후진타오 중국 주석이 백두산을 방문하였을 때 천지를 배경으로 찍은 사진이 걸려있었는데 박 관장이 찍었다고 한다. 그래서인지 관장실 중앙에 멋지게 걸어 놓았다. 이 박물관에 있는 모든 사진은 관장이 다 찍었다고 한다. 비교적 수준급으로 잘 찍었다. 관리비가 턱없이 부족한 상태에서 이만큼이라도 했다는 것이 중국인들의 저력을 보는 것 같았다. 무엇보다 꾸준히 일을 하고 있다는 것이 내 마음에 잔잔한 감동을 일으키는 것이었다. 거기서 인삼의 사진 중에서 가시가 난 인삼을 볼 수 있었다. 연전에 한국에서 장백산(백두산)의 천지 호수의 괴물에 관한 방송을 하는데 박 관장이 나와서 설명하는 것을 볼 수 있었다. 누가 무어라 해도 천지에 관해서는 박 관장보다 더 잘 아는 사람은 없을 것이다. 박물관 구경을 하고 다시 연구소로 돌아왔다. 오늘 점심은 연구소에서 낸다고 한다. 아마도 학술교류 등의 이야기 덕분이 아닌가 생각되었다. 점심을 얻어먹고 숙소로 돌아왔다. 숙소는 같은 건물에 있으므로 편리하였다.

비는 조금씩 오다 말다 반복하였다. 나는 비가 조금 그친 것 같으면 연구소 풀밭에서 여러 종류의 버섯을 찍었다. 비가 계속 내리기 때문에 돋아났다가 쓰러지기도 하지만 버섯발생의 조건은 좋아서 많이 발생하고 있었다. 그중에서 배꼽버섯이 지금까지 본 것과는 특이하였다. 균모, 주름살은 비슷한데 자루가 유난히 검었다. 또 털느타리버섯, 붉은갓주름버섯, 말불버섯, 먹물버섯, 애기버섯류 등을 찍었다. 이 버섯들을 채집하여 숙소에서 건조시키려고 창문을 열고 그 틈에 널어놓았지만 축축하여 썩기 쉬워서 표본으로서는 정말 형편 없었다. 그렇기 때문에 한국으로 돌아올 때는 표본은 거의 흔적만 가지고 오게 된다. 버섯연구의 어려움 중에서 이렇게 표본 관리가 어려운 것은 해본 사람이 아니면 모른다. 더군다나 다른 나라에서 표본을 만든다는 것은 정말 어려운 것인데 사람들은 표본 하면 버섯 모양이 완전한 것을 상상하고 말하기 때문에 이해하기는 어렵다.

신종버섯의 발견

8월 18일, 비가 그치고 해도 나는가 싶어서 원시림으로 채집하러 가게 되었다. 정 연구원, 최 과장, 왕바이 연구원이 점심을 가지고 갔다. 가면서 달라진 풍경은 원시림 가는 언덕에 장백산 화산연구소라는 큰 건물이 있었다. 재작년에 왔을 때만 하여도 못 보던 건물이다. 아마도 중국 정부도 언제 폭발할지 모르는 화산에 대비하려는 것을 알 수 있었다. 그리고 장기적으로 장백산 화산에 대한 연구가 필요하다는 것을 느꼈기 때문이고 경제력도 그만큼 좋아졌다는 것을 의미하기도 한다. 그만큼 그동안 돈 때문에 방치했던 분야까지 이제 본격적으로 연구를 하려는 의도가 확실하다. 이 길로 계속해서 가면 서파(서쪽에 있는 백두산 입구)가 있는데 여기서 3시간 정도 걸린다.

비가 계속 온 터라 숲속은 습기가 꽉 차서 나뭇잎에서 물방울이 뚝뚝 떨어져 사진 찍기가 여간 어려운 것이 아니었다. 게다가 언제 다시 비가 올지 모르기 때문에 마음은 정말 급하기 짝이 없었다. 하여튼 나는 정 연구원, 최 과장, 왕바이 연구원이 발견한 버섯들을 찍기에 정신이 없었다. 그 와중에서 아직 국내에서는 찍지 못했던 가시말불버섯(*Lycoperdon echinatum*)을 찍게 되어 위안이 되었다. 그리고

가시말불버섯

붉은껄껄이그물버섯

가는대덧부치버섯

붉은껄껄이그물버섯(*Leccinum auranticum*)을 발견하였는데 비에 젖어서 황갈색으로 보였지만 왕바이 씨가 손으로 균모 표면을 닦으니 붉은색이 나타난다.

왕바이는 이렇게 하나하나를 확인하면서 연구하는 사람이다. 또 이끼살이버섯속(Xeromphleina)을 입에 넣으면서 마늘 냄새가 난다고 나보고 맛보라고 할 정도로 버섯을 꼼꼼히 현장에서 연구하는 학자다. 사실 이곳의 날씨는 아무도 예측하기가 어렵다. 금방 해가 나다가도 금방 흐리면서 비가 쏟아지는가 싶으면 언제 그랬냐는 듯이 해가 나기 때문이다. 또 날씨가 흐리면서 빗방울이 뚝뚝 떨어지기 시작하므로 나는 서둘러 보이는 대로 채집하고 사진을 찍었다. 나는 시커먼 목탄 같은 것에 난 균모는 작고 자루는 아주 긴 것들이 한데 모여 발생하고 있어서 나는 낙엽버섯류이거나 애주름버섯으로 알고 찍고 채집하였다. 그런데 정 연구원이 다른 데서 내가 찍은 것과 똑같은 것이 버섯에 난 버섯이라고 숙주 버섯을 설명한다. 자세히 보니 자루가 뚜렷이 있고 숙주버섯의 밑으로도 실뿌리가 있다. 비록 비를 맞으면서 찍었지만 큰 수확이 아닐 수 없었다. 숙소에 돌아와서 보니 균모의 지름은 0.1~0.5cm, 둥근 모양인데 가운데가 약간 들어간 것도 있다. 백색에 가깝고 가운데는 약간 회색을 나타내고 있었다. 주름살은 밀생하고 백색이며 자루는 길고(1~3cm), 굵기는 가는(0.5~1mm), 아주 작은 버섯으로 백색 또는 살색이고 균모의 색깔과 비슷하다. 그런데 버섯의 전체가 매우 질기다. 사실 지금까지 국내에 알려진 것이 덧부치버섯(*Asterophora lycoperdoides*)과 울진 소광리 소나무숲에서 발견한 기생덧부치버섯(*A. prasitica*)의 2종인데 이것들과는 확실히 다른 버섯이다. 또 비가 내리기 시작하므로 우리는 다시 숲속을 빠져 나오는데 습지의 물속을 잘못 발을 디뎌서 나는 금방 다리가 빠지고 말았다. 습지란 원래 어떻게 보면 밟으면 빠지지 않을 것 같아 보이지만 실제로 밟으면 서서히 물속으로 잠겨드는 것이다. 급한 마음에 괜찮겠지 하고 그것을 밟고 건너려다 빠지고 만 것이다. 이런 일이 이번이 처음은 아니므로 젖은 발을 이끌고 숲속 밖으로 나오니 언제 그랬냐는 듯이 해가 나기 시작한다. 벌써 12시가 가까워지고 있었다. 우리 일행은 할 수 없이 차 트렁크를 식탁 삼아 점심을 먹었다. 비에 몸도 옷도 젖어서 일단 숙소로 철수하였다. 나는 다시 연구소 근방의 풀밭에서 버섯을 채집하여 찍기 시작하였다. 말불버섯이 대량 발생하고 있어서 몇 커트 찍었다.

이제 신종 후보의 숙주 버섯이 무엇이냐는 것에 대하여 왕바이는 작년 가을에 난 뽕나무버섯인 것 같다고 주장하였다. 사실 이곳의 버섯 발생에 대해서 잘 알고 있는 왕바이의 말이니 나도 일단 수긍할 수밖에 없었다. 어째서 그 숙주버섯이 봄에서 여름에 썩지 않고 탄화되어 단단해졌는지 해명이 안 간다. 나는 숙주 버섯은 금년 봄이나 여름에 발생하였을 가능성을 생각하였다. 왜냐하면 작년

가을에 발생한 것이 지금까지 썩어 없어지지 않고 남아 있으리라고는 생각이 안 들기 때문이다. 나는 벌집버섯류가 육질이 단단하므로 숙주버섯은 벌집버섯류가 아닐까 생각되었다. 실제 만덕산이나 지리산에서 초봄에 채집한 경험이 있기 때문이다. 귀국하여 포자와 후막포자를 관찰하면 좀 더 확실히 밝혀질 것으로 생각하였다.

"가는대덧부치버섯 Asterophora gracilis D.H. Cho"

균모의 지름은 0.1~0.5cm, 둥근 모양이나 가운데는 들어간다. 전체가 백색이나 가운데는 약간 회색이다. 육질은 얇고 백색. 주름살은 자루에 대하여 바른주름살로 백색이며 밀생한다. 자루의 길이는 1~3cm이고 굵기는 0.5~1mm로 원통형으로 가늘고 길며 백색 또는 연한 색이다. 포자의 크기는 3~4x2.5~3㎛로 타원형, 표면에 미세한 점들이 있고, 후막포자의 지름은 6x4㎛로 구형 또는 아구형이지만 포자와 잘 구분이 안 된다. 담자기는 15~20x4~5㎛이고 원통형이며 4-포자성이고 경자의 길이는 2~3㎛. 주름살의 균사는 24~47x1.5~3㎛로 원통형이다.

생태 : 여름. 숙주 버섯의 밑에 잔뿌리 같은 균사가 수없이 뻗어 있다. 숙주 균은 벌집버섯으로 추정된다. 군생.

분포 : 한국 (백두산:장백산), 중국.

이도백하 사람들의 생활

8월 19일. 집을 떠나서 잠자리를 바꾸면 잠이 제대로 오지 않아서 밤잠을 거의 설치게 마련이다. 자는 둥 마는 둥 일어나서 창밖의

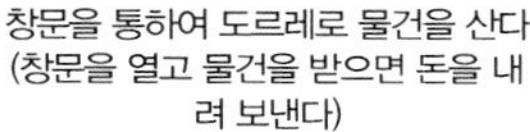

창문을 통하여 도르레로 물건을 산다
(창문을 열고 물건을 받으면 돈을 내
려 보낸다)

숙소 앞에서 왕바이, 조덕현 최명림

하늘을 보니 비는 일단 그쳤지만 날씨는 잔뜩 흐려 있어서 언제 비가 올지 모르는 상황이다.

창밖에서 두부 사라고 떠드는 두부 배달꾼의 소리가 계속 들려서 나가 보았다. 처녀인지 아주머니인지 모르지만 리어카에 자전거로 끄는 수레에 여러 가지 아침 반찬거리를 싣고 다니면서 사라고 소리를 질러서 물건을 파는 것이다. 내가 묵고 있는 이 건물이 1층은 상가고 (이 여관은 2층까지 여관) 나머지 층은 아파트로 되어 있었다. 재미 있는 것은 사람들은 창문을 열고 두붓값이나 채솟값을 바구니에 담아서 창밖으로 내려보내면 장사꾼은 두부나 채소를 담으면 바구니를 끌어 올려서 거래를 한다. 옛날 어릴 적에 초등학교에서 우물에 도르래를 달아서 물을 퍼 올리던 생각이 나서 한참 향수에 젖어 보았다. 내가 처음 국제균학회(IMC-4)에 참석하고 독일 유학생 부부와 같이 노인슈바스타인 성에 갔을 때 음식을 아래층에서 만

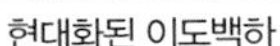
현대화된 이도백하

일하는 데로 가는 오토바이:
양쪽에 바구니가 달려있다

들어서 왕이나 귀족들이 만찬이나 식사를 하는 곳으로 운반하였다는 도르래를 본적이 생각나서 새삼스러웠다.

같이 동행한 정재연 연구원도 숙소 밖으로 나왔다. 잠이 안 오기는 나와 마찬가지인지 밖에서 떠드는 소리가 궁금하였을 것이다. 그런데 콩 국물 250ml 한 병에 1원(인민폐)에 파는 것이다. 우리는 물보다 싸고 또 영양가도 있을 것이라고 생각하고 2병을 사서 물대신 먹기로 하였다. 먹어보니 아무 맛없는 허여멀건 물이다. 우리나라 같으면 십중팔구 먹지도 않고 두부공장에서 버렸을 것 같았다. 오후에 먹으려고 보았더니 이미 쉬어 버려서 먹지 못하고 버렸다. 중국 사람들은 버리는 음식이 없다는 것이다. 먹을 수 있는 것은 아낌없이 먹는 그 정신에 놀랐을 뿐이다. 새벽부터 오토바이에 바구니를 달거나 바구니 속에 부인을 싣거나 아니면 바구니를 아내의 등에 진 채로 부부가 함께 장백산 쪽으로 수없이 달려가고 있다. 또 사람을 가득 실은 트럭도 달려가고 있었다. 오토바이족들은 산약초를 채취하러 가는 사람들이고 트럭은 공사장에 가는 사람들이다. 마침 오토바이가 식당 앞에 주차되어 사진을 찍으려니 찍지 말라고 오토바이 아저씨가 험상궂은 얼굴을 한다. 그러나 나는 몰래 자동 카메라 셔터를 눌렀다.

노란마귀광대버섯

아침을 먹으러 식당에 갈 무렵부터 잔뜩 흐렸던 날씨는 비를 뿌리기 시작한다. 그렇지만 이제는 비를 무릅쓰고라도 가야 할 판이다. 왕바이 씨도 카우보이 차림의 옷을 입고 채집바구니를 들고 와서 비를 무릅쓰고 이도백하의 원시림으로 채집하러 갔다. 이번에는 주로 왕바이 씨가 실험구를 설정한 곳으로 이동하였다. 거기에는 마귀광대버섯의 변종인 노란마귀광대버섯(Amanita pantherina var. lutea)들이 군락을 이루고 있었다. 나는 내가 찍을 수 있는 대로 셔터를 계속 눌러 댔다. 어쩌면 다시는 여기는 못 올지 모르기 때문이다.

"균모의 지름은 3.5~7.5cm로로 반구형 또는 편반구형에서 둥근 산 모양으로 되었다가 편평하여진다. 표면은 연한 황색 또는 황갈색이고 각추상의 백색 인편이 있다. 가장자리에 줄무늬 홈선이 있다. 살은 백색이다. 주름살은 자루에 대하여 떨어진주름살(remote)이고 백색이며 밀생하고 포크형을 나타낸다. 자루의 길이는 6.5~9.5cm, 굵기는 0.8~1cm로 원주형이고 백색 또는 오백색이며 턱받이는 막질이며 하향이며 탈락하기 쉽다. 기부는 팽대하고 대주머니는 1~3개의 고리 모양의 무늬가 있다. 포자의 크기는 8.5~10x6~7㎛로 아구형 또는 난원형이며 표면은 광택이 나고 매끄럽다. 여름에서 가을에 걸쳐 활엽수 숲속에 군생하는데 독버섯으로 추측되었으며 한국, 중국에 분포한다."

이렇게 채집하는 사이에도 비가 오락가락하더니 점차 굵은 빗줄기로 변하여 할 수 없이 원시림을 빠져나왔다. 원시림을 빠져 나오니 해가 나기 시작한다. 정말 얄미운 날씨다. 차의 트렁크 위에서 점심을 먹고 쉴 틈도 없이 반대편 원시림으로 들어가서 채집을 하였다. 물론 왕바이 연구원의 안내가 없으면 어림도 없다. 외대버섯이 무더기로 나는 것을 보고 놀랐다. 또 하나는 끈적버섯류를 국내에서는 채집하기 어려웠던 것을 찍는 행운을 잡았다. 아쉽다면 비가 온 뒤라 비에 너무 젖어서 물기가 많아서 본래의 색깔이 많이 달라서 아쉬었다. 하여튼 왕바이의 뒤를 따라가면서 채집을 계속하였다. 그런데 우리가 채집한 곳이 바로 아래가 낭떠러지가 아닌가. 버섯 채집과 찍기에 정신이 팔려서 주위를 제대로 살피지 못했기 때문이다. 정신이 퍼뜩 나고 참으로 무서웠다. 아주 오래전에 전주 근교의 만덕산으로 채집간 적이 있다. 미륵사 절을 지나 산등성을 타고 가다가 낭떠러지에 난 버섯을 채집하려다 절벽 아래로 떨어지다가 간신히 나무를 붙잡고 기어 올라온 적이 생각나서 온몸이 오싹 했다. 버섯에만 신경 쓰다 보면 주위의 지형을 모르기 때문에 위험한 일이 일어나기가 쉽다. 이제 우리 일행은 모두가 지쳐 있었다. 왕바이 씨도 지쳤는지 숙소로 돌아가자고 한다. 그래도 오늘은 채집을 어느 정도 하였으니 마음이 편안하였다. 채집한 표본은 물기 때문에 거의 썩을 것이 안타까웠다. 식당에 가서 저녁을 먹는데 오늘은 한국식 민물고기 매운탕을 시켰다. 이 식당은 조선족이 운영하는 "남강"이라는 식당이라 그런대로 먹을 만하였다. 우리 조선족도 한족의 풍습을 닮아서인지 먹지도 않을 것을 시킨다. 최 과장은 먹지도 않으면서 자꾸 시켜서 쓸데없는 낭비라 생각되었다. 최 과장도 왕바이도 술을 너무 좋아하므로 월견초라는 식물로 담은 술을 거나하게 마셨다. 나는 가능한 술을 삼가려고 노력하였다. 내 몸은 내가 지켜야지 이런 데서 탈 나면 큰일이 아닌가?

돈을 받을 수 있는 곳은 모두 요금을 징수한다

8월 20일. 오늘은 비도 그치고 북파(장백산) 관광과 채집을 하기로 하였다. 이곳에서는 장백산 올라가는 곳 중에서 북쪽에 있는 것을 북파라고 부르고 서쪽에 있는 곳을 서파, 남쪽에 있는 곳을 남파(여기는 북한에서 천지에 오르는 곳)라 부른다. 오늘은 비가 오더라도 장백산을 갈 예정이었다. 오늘 아니면 시간이 없기 때문이다. 이번 채집여행의 중요한 목적의 하나는 정재연 연구원이 아직까지 천지를 구경하지 못했기에 꼭 장백산의 천지를 구경하여야만 했다. 최 과장이 지금은 주차료를 받기 때문에 주차료를 안 받는 쪽으로 차를 몰았다. 그런데 이게 웬일인가. 장백산 입구로 들어가는 입구에 바리케이드를 쳐놓고 공사 중이라 안 된다고 하여 할 수 없이 다시 되돌아서 주차료를 내고 주차를 하였다. 근처의 식당에서 아침을 먹고 도시락도 준비하였다.

달라진 점은 과거에는 입장하는 입구마다 입장료를 개별적으로 받았는데 이번에는 패키지로 처음부터 끝까지 입장료를 합산하여 받고 있었다. 과거에는 장백산의 게이트를 통과하면 왕바이가 어떻게 해서 무료 트럭 등을 타고 정상까지 올라갔지만 이번에는 정 연구원, 최 과장, 나 3사람이므로 천지로 올라가는 승강장으로 갔다. 벌써 긴 줄이 늘어서 있었다. 한참을 기다린 후에야 차를 탈 수 있었다. 차는 한국의 16인승 승합차 아니면 무쏘 같은 차였다. 나는 올라가면서 창밖에 펼쳐지는 풍경을 찍었다. 사실 또 언제 올지 모르고 과거에는 트럭이어서 굽이굽이 천지 가는 풍경을 못 찍었기 때문에 이번에는 좀 많이 찍었다. 다행히도 비는 완전히 그친 것 같고 햇볕이 나다 안 나다를 반복한다. 굽이굽이 흔들리면서 목적지에 도착하여 차에서 내렸다. 천지 구경은 최 과장은 대피소에 있고 우리 둘만 올라갔다. 천지에 잔뜩 구름이 있어서 안 보이다가 구름이 걷히면 금세 천지의 맑은 물이 나타난다. 그럴 때마다 환호성을 지르다가 어느새 구름으로 덮이면 탄성이 흘러나왔다. 그러기를 계속하므로 나는 최대한으로 많이 천지와 정 연구원을 찍었다. 바람은 세차게 불어대므로 천지는 구름으로 가렸다가 금세 맑아지기를 여러 번 반복하였다. 구경을 다 하고 최 과장이 기다리는 쪽으로 가다 간이 화장실에 들렀다. 들어가니 기절초풍할 정도로 더럽고 오줌똥으로 뒤범벅이어서 냄새가 진동을 한다. 소변은 철철 넘쳐서 질퍽거리고 정말 이것은 말이 화장실이지 오물통 그대로였다. 대충 용변을 마치고 최 과장과 하산하여 장백폭포로 갈 예정이었다. 그런데 최 과장은 여기서 기다릴 테니 우리 두 사람만 갔다 오라고 한다. 최 과장은 일 년에도 몇 번씩 이곳에 오니 싫증도 나고 피로할 것 같다. 여기서부터 도보로 사람들을 따라 걸어가면 되는 것이다. 달라진 점은 2년 전에는 길들이 자연 그대로의 산길이어서 굉장히 힘들었는데 이번에는 나무 계단을 만들어서 비교적 쉽게 폭포까지 갈 수 있었다. 폭포 쪽으로 못 올라가게 줄을 쳐 놓고 감시하고 있었다. 거기서 사진을 찍었다.

장백폭포 앞에서

장백폭포

물론 정 연구원은 감탄에 감탄을 한다. 한국서 도저히 볼 수 없는 폭포이기 때문이다. 폭포를 구경하고 내려오면서(올라왔던 길은 아니고) 길가에서 샘처럼 솟는 온천을 볼 수 있었다. 그래도 옛날보다는 잘 정비를 해 놓아서 좋았다. 드디어 온천물에 달걀을 삶아 파는 곳에서 달걀을 사 먹고 최 과장한테도 주었다. 점심을 먹었다. 거기서 다시 차로 내려오다 지하삼림으로 들어갔다. 역시 간판이며 안내표지가 산뜻하게 개보수하여 멋있게 변해있었다. 가는 길도 나무 계단으로 만들어서 걷기에 편하게 만들어 놓았고, 죽은 고목까지도 나무로 만든 도로에 서 있다.

한참을 가다 나는 생전 처음 잿빛젖버섯(Lactarius violaceus)을 채집하는 행운을 얻었다. 사진을 찍을 때마다 지하삼림으로 가는 한족들이 보고 신기하다는 듯이 쳐다보고 또 호기심을 갖는 것은 우리네와 똑같았다. 연전에 왕바이와 함께 채집왔던 둔덕으로 올라갔다. 지하삼림에 채집하러 왕바이가 오던 채집구역이라 나도 익히 알 정도다.

여기는 희한하게도 다른 장소보다 많은 버섯 특히 잿빛헛대젖버섯(*Lactarius lignyotus*)이 유난히 많았는데 그 색깔이 너무 진해서 처음엔 신종이 아닌가 생각하였다.

원시림은 고사리의 세계

8월 21일, 오늘은 왕바이와 함께 백두산 밑의 원시림으로 채집을 갔다. 2년 전 왔을 때의 빈 공터를 통해서 원시림으로 들어가는 곳은 이제는 호텔 건축이 한창이다. 공사장을 통해서 가려니 공사관계자들이 안 된다고 하여 왕바이가 한참 다투는 것 같았다. 공사하는 사람들은 안전 때문에 안 된다고 하고 왕바이 측은 연구를 해야 하기 때문이라고 한참 옥신각신하더니 한참 만에 통과하게 되었다. 그런데 이미 이곳에는 왕바이 밑에서 공부하는 길림성 대학생들이 와 있었다. 공사현장을 통과하여 옛날에 건넜던 다리까지 왔다. 아직도 통나무로 된 외나무다리는 그대로였다. 가까스로 건넜고 버섯을 채집하는데 왕바이와 학생들은 자기들이 연구하는 지점으로 먼저 올라갔다. 나와 정 연구원, 최 과장은 서서히 채집하고 사진을 찍으면서 채집을 계속하였다.

이번에는 2년 전 올라갔던 곳보다 좀 더 위까지 가게 되었는데, 이것은 왕바이가 실험하는 장소가 위쪽 멀리에 있었기 때문이다. 사실 이곳은 원시림 속으로 들어가는 길이 편평하게 되어 힘은 들

잿빛헛대젖버섯

지않는다. 날씨는 이제는 화창하여 채집하고 사진찍기에는 아주 좋았다. 그물버섯류, 땀버섯류, 끈적버섯류가 많이 발생하고 있었고, 그중에서 방망이 황금그물버섯(Boletinus paluster)이 많았다. 또 버섯위에 버섯이 나오는 신종 후보로 확정된 버섯이 여기서도 많이 발생하고 있었다. 나는 가능한 한 싱싱한 것을 골라 찍었다. 십자 고사리가 엄청 많이 나서 고사리 바다를 이루고 있었다. 오늘은 오전만 채집하기로 하였기 때문에 서둘러 내려오기 시작하였다.

왕바이는 모교의 영웅

왕바이는 오늘 자기 동창생들을 만나러 자기 모교가 있는 하얼빈으로 간단다. 사실 오래전부터 이 일대에서 버섯 전문가로 유명한 왕바이를 환영하여 주겠다고 동창생들이 말해 왔단다. 그것을 보면 중국은 역시 대국다운 면이 있다. 장백산의 한 자락에서 보잘

것없이 말단 직원으로 일하는 동창이 버섯 분야에서 상당히 유명해지니까 축하를 하여 준다고 하니 부러웠다. 서둘러 나오면서 다시 처음에 건넜던 외나무다리를 건너는데 나는 다리 밑에 여러 가지 나무, 오물 등이 마치 단단한 것처럼 보여서 발을 디디니 사실은 늪이나 마찬가지여서 빠지고 말았다. 이제 나이가 드니 감각이 무뎌서 생긴 일이다.

이제 다시 차를 타고 이곳을 떠난다. 어쩌면 이번이 마지막이 될지도 모른다는 생각을 하니 마음이 착잡하였다. 왕바이 연구원과 이곳 연구를 7년을 하였으니 이제는 마무리를 해야 할 것 같았기 때문이다. 숙소에 돌아오니 11시 30분을 가리키고 있다. 용정으로 떠날 준비를 하고 왕바이랑 같이 식당에 갔다. 거기서 점심을 먹고 차에 짐을 싣고 있으니 왕바이 부인이 왔다. 오늘 왕바이의 부인은 친정집으로 나들이를 갈 예정이고 왕바이는 처갓집에 들렀다가 친구를 만나러 갈 예정이란다. 그러니까 왕바이 부인이 우리가 용정을 가는 날짜에 맞춰서 친정 나들이를 하는 것이다. 언제나 장백산에 오면 왕바이 부인은 우리가 장백산으로 갈 때 딸한테 가는 것은 차량 때문이다. 우리 일행은 같이 차를 타고 왕바이 처가가 있는 안도현(안도현의 현청 소재지)으로 출발하였다. 안도현은 꽤 큰 도시로 이곳의 정치, 경제, 문화의 중심지이다. 안도에 도착하여 왕바이 부부는 내리고 우리는 다시 용정으로 출발하였다. 이번에는 왔던 길하고는 다른 길로 가게 되었다. 통과세를 내지 않는 소위 샛길로 가게 되니 큰 길도 있지만 비포장의 좁은 길이어서 불편하였다. 그러나 한편 이곳의 시골의 풍경까지 구경하는 기회도 가진 셈이다. 이도백하에서 1시 15분에 출발하여 연길에는 4시 30분에 도착하여 여행사에서 리컨펌(reconfirm)을 하였다. 이제는 어느 나라나 재확인을 안 하는데 아직도 중국은 이것을 하고 있다. 일을 마치고 용정으로 출발하였다. 2년 전에 묵었던 백화호텔에 짐을 풀었는데 최 과장이 잘 아는 곳이고, 또 용정시의 관리 하에 있기 때문에 싸게 숙박할 수가 있었다. 왜냐하면 최 과장이 회계 담당이니 최 과장한테 잘 보여야 세금이 줄기 때문인 것 같았다. 방에 짐을 풀고 최 과장은 돌아가고 우리는 목욕을 하고 식당에 식사하러 갔다.

내가 오징어 볶음을 시켜 먹었는데 약간 냄새가 이상하였지만 먹을 만하였다. 이제 이곳에서 하루 묵고 내일은 관광을 할 예정이다.

윤동주 생가 관광

8월 22일, 아침 일찍 최 과장이랑 아침식사를 같이하고 관광 길에 나섰다. 우선 윤동주 생가를 보기로 하고 차를 몰았다. 도중에 안중근 의사가 사격 연습을 하였다는 큰 바윗덩어리 밑에서 기념사진을 찍었다.

옛날의 모습은 어떠했는지 모르지만 지금은 큰길가에 뚝 잘린 모양으로 낭떠러지 바위산으로 되어 있다. 조금 더 차를 몰아서 드디어 윤동주 생각에 도착하였다. 2년 전 처음에 왔을 때하고 달라진 것은 하나도 없었다. 관리인이 다른 사람으로 바뀌어 있을 뿐이다. 정 연구원이 안 와본 곳이라 오게 된 것이다. 입장료 아닌 기부

안중근 의사가 권총 사격 하던 바위

금을 받고 있는데 그동안 받은 돈은 어디에 썼는지 모르지만 아직도 초라한 모습 그대로다. 나도 관람료랄까 기부금이랄까 100위안을 통속에 넣었다.

관람을 마치고 다시 두만강 쪽으로 달렸다. 어디로 가는가 물으니 삼합(三合)으로 간단다. 끝없는 들판과 산비탈, 냇가를 달리면서 보이는 것은 옥수수밭과 해바라기밭이 인상적이었다. 한참을 달려서 커다란 운동장 같은 곳을 보았는데 이곳이 송이버섯의 집산지라 한다. 무슨 건물이 있는 것이 아니고 운동장처럼 넓은 곳에서 송이 채집 무렵에 이곳에서 거래를 하는 것으로 생각되었다. 길을 달리면서 생물 다양성을 보호하자는 플래카드를 보았는데 지금 중국 정부가 무엇이 중요한지를 알고 앞으로 자원 고갈에 대비하는 모습이 역력하였다.

드디어 두만강 가의 삼합에 도착하였다. 우리 농촌의 전형적인 마을로 집도 드문드문 있고 가끔 버스가 다니고 있었다. 날씨가 화창하여 한여름이지만 이곳 기분은 봄 날씨 같았고 바람이 약간 불고 있었다.

음식점에 점심을 예약하고 전망대로 올라가는데 돈 받는 데가 있었다. 망강각(望江閣)이라 쓰인 큰 바위의 기념비가 있었는데 아래는 두만강이 흐르고 건너편에 회령시가 한눈에 들어왔다.

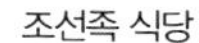
조선족 식당

두만강

두만강

뒤에 보이는 곳이 회령시

뒤로 멀리 보이는 건물이 김일성 제1부인
김정숙 여사의 기념관(하얀색)

망강각: 실향민들이 여기서
고향을 바라보는 곳

그래서 실향민들이 이곳에 와서 그리운 북의 고향을 간접적으로나마 보곤 한단다. 거기에는 이미 가족 단위의 나들이객들이 와 있었다. 여기서 내려다보니 두만강이 흐르고 삼합에서 북한으로 넘어가는 출입국 관리소가 보였다. 강 건너 좀 떨어진 곳이 북한의 회령이다. 초등학교, 중학교에서 지리시간에 배운 것이 떠올랐다. 지도에서만 보던 도시를 보니 마음이 뭉클하였다. 그런데 이 회령이 김일성의 첫 부인인 김정숙 여사가 태어난 곳이란다. 전망대에서 보니 김정숙 기념관이 보인다. 제일 그럴듯하게 보였다. 하얀 건물로 회령이라는 도시를 대표할 수 있도록 지은 것 같았다. 이 전망대에서 바라보는 북한은 우선 도시가 뿌연 흙바람에 휩싸여 있다. 가끔 트럭 같은 화물차가 지나갈 때는 그야말로 50~60년대 우리의 신작로에서 흙바람을 일으키며 달리던 차들이 생각났다.

두만강 건너 산들은 거의 민둥산이다. 나무란 거의 보이지 않는다. 그 울창한 삼림은 어디로 간 걸까. 반대로 내가 서 있는 중국의 삼림은 푸르고 푸른 숲들로 이루어져 너무나 확연히 구분되었다. 마음이 저려 오는 것을 어찌할 수가 없었다. 정말 북한이 못사는 구나 하는 것을 가장 쉽게 알 수 있었다. 사실 우리는 북한을 가장 싫어하다 못해 증오하는 사람들인지 모른다. 8.15해방이 되고 이북에 북한 정권이 들어서면서 우리 집은 재산을 몰수당하고 1차로 강제 이주를 하게 된 것이다. 처음 이주를 간 곳이 지금 황해도 송화군 풍천면이다. 이곳의 진강에서 지금의 군산으로 피난을 나온 것이다. 만약 나에게 나의 일생을 기록하는 자서전을 쓸 기회가 온다면 소상히 써볼 생각이다. 이곳에서 내려다보는 두만강을 보면서 그런 사상적 박해는 눈 녹듯이 사라지고 강 건너에서 일하는 북한 주민들을 보니 괜히 가슴이 아파옴을 느꼈다. 망강각을 내려와서 출입국 관리소로 갔다. 출입국 관리소에 들어서니 마침 북한 여자분이 북한으로 넘어가기 위해서 수속을 하는 것 같았다. 키는 작고 가슴에 김일성 배지를 달고 있었다. 나는 같이 사진을 찍자고 하니 다 같은 사람인데 사진은 무슨 사진이냐고 짜증을 부린다. 아마도 그분은 자기를 무시한다고 느꼈는지 아니면 북한을 깔본다고 생각하였는 지 모른다. 최 과장은 이곳 출입국 관리소 직원들을 잘 알고 있는 것 같았다. 조선족 관리소 직원과 함께 두만강 다리를 건너서 정확히 북한과 중국 국경선까지 갔다. 다리 한쪽에는 통관을 기다리는 화물차들이 늘어서 있다. 다리 한가운데의 국경선은 중국 측은 최신식 다리로 수리를 했고 북한 쪽의 다리는 옛날 일제시대의 콘크리트 다리로 확연히 구분되어 있었다. 나는 금을 그어 놓은 선으로 가니 관리소 직원(군인)이 가지 말라고 한다. 나는 살짝 한 발을 북한 땅에 디뎌보았다. 출입국 관리소를 빠져나와 예약하여 놓은 음식점으로 갔다. 음식점이라야 보통 가정집으로 손님이 오면 음식을 만들어 파는 곳인데 주인은 관리소 직원 같았고 부인이 장사를 하는 것 같았다. 이 집의 뒤편에 있는 화장실을 갔는데 양쪽에 널빤지로 다리를 걸치고 변을 보도록 된 것인데 그 깊이가 꽤 깊어서 옛날 시골집의 화장실 생각이 떠올랐다.

"두만강 푸른 물에 노 젓는 뱃사공
흘러간 그 옛날에 내 님을 싣고
떠나간 그 님은 어디로 갔소
그리운 내 님아 그리운 내 님아 언제나 오시려나"

두만강으로 가니 푸른 물이 아니고 누런 물이고 거의 흙탕물에 가까워서 실망이 컸다. 비가 안 내려서인지 수량도 많지 않았다. 약간만 헤엄치면 충분히 건너갈 수 있을 것 같았다. 강을 건너는데 어렵지 않아서 실제로 왕래도 한다고 한다.

중국측 출입국 사무소가 보인다

민족혼이 사라지는 일송정, 해란강

용정의 일송정에 갔다. 정 연구원은 처음 와보는 곳이다. 이곳에는 대규모 체육 운동장이 만들어지고 있었다. 일송정은 연전에 왔을 때보다 더 허술해 보였다. 우선 '고향의 봄' 노래비 비석이 훼손되어 있었고 소나무도 없어진 것 같았다. 일송정이란 말이 무색할 정도다. 이것은 고구려 왜곡사를 둘러싼 한중 갈등의 여파 때문이 아닌가 생각되었다. 사실 이곳의 조선족들은 대부분 고구려 왜곡사에 관심을 가진 사람은 없는 것 같았다. 이들의 관심은 오직 어떻게 돈을 많이 버느냐가 중요한 것이다. 부산서 왔다는 학생들의 단체들이 노래도 하면서 우리 선조들을 그리는 것 같았다. 연전에는 앞의 커피 가게도 영업을 하고 있었는데 오늘은 문을 열지 않고 리어카의 좌판 상인만이 있었다.

대성중학교로 갔다. 실내장치를 많이 변경하여 놓았고 한 무리의 관광객을 안내인이 설명하고 있었다. 최 과장은 집으로 가고 저녁에 같이 식사하기로 하고 헤어졌다. 우리는 둘이서 구경하고 걸어서 호텔로 돌아오면서 용정시가 만든 놀이터에서 음료수를 사 먹었다. 호텔에서 쉬고 있는데 최 과장이 6시경에 와서 시내에서 최 과장 부부하고 저녁식사를 용정에서 제일 고급 식당에서 하게 되었다. 이곳은 모든 것이 화려하게 꾸며져 있었다.

그동안의 노고를 감사드리고 최 과장의 일당 문제 때문에 힘들었다. 하루 일당 800원(우리 돈 10만 원)으로 토탈 4000원을 요구하였지만 3500원(우리 돈 400,000원)으로 해결하였다. 선물로 우황청심환을 받았다. 사실 마음은 착잡하였다. 이곳 조선족들은 한국이 풍족하게 살며 돈이 많은 것으로 알고 있는데 누가 이들에게 과장된 말로 이들의 마음과 행동을 허황되게 하였는지 안타까울 뿐이다.

화려한 저녁 대접을 받고 호텔로 돌아왔다. 호텔에서 내일 떠날 준비를 하였는데 언제나 버섯 표본이 문제다. 다 마르지 않은 것들이 계속 썩고 너무 많이 다루다 보니 망실되고 분실되고 섞이고 하여 애를 먹었다. 그래도 이번 여행에서 신종을 발견한 것이 큰 수확이었고 삼합을 가본 것이 기억에 남는 여행이었다.

변모하는 연길국제공항

8월 23일 최 과장이 호텔로 와서 같이 아침식사를 하고 연길국제공항으로 출발하였다. 8시에 공항에 도착하여 수고비로 언제나처럼 100원(인민폐)을 주고 헤어졌다. 연길공항의 사진을 찍고 수속을 밟았다. 그런데 면세점이 많이 바뀌었다. 옛날에 비하여 현대식으로 변모를 하고 있었다. 중국의 대나무 통에 담은 술을 사고 탑승하였다. 11시 30분 출발이 늦어져서 한국에 도착한 시각은 4시 20분, 그야말로 중국의 항공 시간은 믿을 게 못 된다. 내 옆에 묘령의 아가씨가 앉았는데 알고 보니 조선족 여자로 연길에 산다고 한다. 한국에도 여러 번 갔었고 친구도 있고 친구 만나러 한국에 간다고 한다. 그래서 내가 여행의 어려움을 이야기하니 자기 동생이 안도현에서 선생을 하니 도와줄 수도 있다고 한다. 그러면서 이메일 주소도 적어 준다. 여러 이야기를 하면서 인천국제공항에 도착하였다.

백두산 채집여행도 마무리를 해야 하는 때가 왔다는 것을 느꼈다. 그동안 7년간을 왕바이와 함께 연구하여 왔으니 짧지 않은 시간이 흘러간 것이다.

이제는 백두산의 버섯도감을 내는 작업을 해야 할 것 같다. 그동안 다니면서 버섯표본과 사진 자료 수집한 것들을 도감으로 출간해야 하는 작업이 남아있는 것이다. 그러므로 백두산 채집여행도 이번을 마지막으로 끝내는 것이 좋다고 정 연구원과 이야기가 되었다.

05

백두산 버섯 기행

버섯재배업자들과 채집한 버섯 동정

월간 버섯 창간 10주년

월간 버섯사가 창간 10주년을 기념하기 위해 백두산 버섯채집회를 봄부터 기획하여 시행 백두산 버섯채집을 하게 되었다. 물론 그동안 필자가 백두산의 버섯 채집기를 수십 차례 연재하면서 버섯에 관심이 많은 독자들 때문에 월간 버섯사에서 계획하게 된 것이다. 3월에 김대겸 사장으로부터 전화를 받고 나도 흔쾌히 승낙하였다. 물론 월간 버섯 애독자들의 뜨거운 성원과 애정 어린 후원이 있었기에 가능하였다. 독자 대부분 버섯을 재배하거나 또는 버섯 기자재를 생산하는 사업가들인 점을 감안하면 대단한 성공이었다고 볼 수가 있다. 다가오는 추석을 맞이하여 추석대목을 준비해

월간 버섯 잡지

야 하는 바쁜 와중에서도 시간을 할애하여 적극적으로 채집회에 참여한 것은 대단한 열정이 없으면 불가능한 일이다. 월간 버섯사 김대겸 사장도 동참하였다. 기간은 2008년 8월 27일부터 8월 31일까지 심양을 경유하여 연길에서 백두산으로 이동하여 채집하는 코스였다.

만주의 심양(선양)

드디어 2008년 8월 27일 나는 정재연 연구원과 함께 전주에서 4시반 대한 리무진 버스를 타고 인천국제공항으로 출발하였다. 중간에 천안 삼거리휴게소에서 쉬었다가 인천국제공항에는 8시가 조금 넘어서 도착하였다. 간단히 지하에서 아침식사를 하고 일행을 만났다. 마침 여행 주간사인 지앤비(G and B) 여행사의 직원이 나와서 같이 여행을 할 분들과 인사를 나누고 여권, 비자, 짐 등을 도와주어서 쉽게 출국 수속을 마칠 수 있었다. 단체 패키지여행이 이렇게 쉬운 줄 실감하는 순간이었다. 지금까지는 개인 여행이어서 힘이 많이 들었다.

출국 심사대를 빠져나와서 면세점을 구경하고 탑승구로 가는데 작년하고는 많이 달라져 있었다. 탑승구는 면세점에서 지하로 내려가서 지하철을 타고 이동하게 되어 있어서 시간이 많이 소요되었다. 작년만 생각하고 동행한 정 연구원이 면세점에서 구경하여도 시간이 충분하리라 생각하였다. 그러나 사정은 달랐다. 그래서 정 연구원을 기다리느라 초조하였다. 지하로 내려가서 지하철을 타고 이동하는 줄을 모르고 있었기 때문에 정 연구원을 찾느라 약간의 소동을 벌였다. 안내원의 휴대폰으로 정 연구원을 부르는 사이에 나타나서 탑승구까지 무사히 갈 수 있었다. 12시 45분 중국 남방항공에 탑승하여 중국 심양(중국말로는 선양)으로 출발하여 심양에는 오후 2시경에 도착하였다.

심양 하면 만주의 중심부라 할 수 있다. 만주대륙이란 말을 많이 들었지만 정확히 어디를 지칭하는지는 잘 모르는 사람들이 있다. 나도 마찬가지다. 만주 하면 심양을 중심으로 일본이 만주대륙을 침략하기 위한 전진기지가 아니었던가 생각된다. 심양국제공항에는 남자 가이드가 월간 버섯이라는 피켓을 들고 우리 일행을 마중 나왔다. 나도 심양은 처음인데 무척 큰 국제공항으로 생각되었다. 경비는 비교적 삼엄하였다. 올림픽 테러, 소수민족들의 독립 요구 등으로 경비를 강화하였다는 가이드의 말이었다. 공항 옆에는 버섯 모양의 조형물을 만들어 놓은 것을 보면 버섯은 먹거리뿐만 아니라 캐릭터로써 개발을 해볼 만한 소재가 아닌가 생각되는 대목이었다. 가이드를 따라 관광버스로 가서 일정에 따라 버섯농장을 방문하게 되었다. 버섯농장은 표고 봉지 재배를 하는 곳이었다. 우리 일행은 생생한 중국 버섯재배를 보는 기회가 되었다.

심양국제공항 앞 버섯 조형물

표고 봉지 재배

재배 농장 현황 설명

심양조선족거리

심양거리

심양상가

또 이곳은 한국 국제농업개발원이 투자를 하여 개발하고 있다는 책자를 보면서 한국의 저력을 보는 것 같았다. 버섯농장 구경을 마치고 다시 심양 시내로 오면서 심양의 시장(재래시장)을 구경하였다. 한국과 별반 다를 것 없는 시장으로 이곳이 사회주의(공산주의) 국가라는 느낌은 전혀 없었다. 우리네처럼 흥정이 이루어지고 있었다. 이곳에서 저녁을 먹고 심양국제공항으로 가기로 하고 식당에 들어갔는데 손님들로 붐비고 있었다. 홀은 결혼식이 있어서 손님들이 먹고 마시고 떠들고 있었기 때문이다. 개인적으로 여행할 때는 중국 음식의 향료 때문에 고생하였는데 이곳의 음식은 거의 한국과 똑같았다고 생각된다. 그것은 조선족 가이드가 미리 향료를 쓰지 않도록 연락하기 때문에 향료 사용을 거의 안 한다는 것을 알았다.

중국인들의 시간 개념

조선족 가이드의 설명에 의하면 중국에서의 시간개념은 다 왔다는 말은 앞으로도 20~30분을 더 가는 정도이고 곧 도착한다는 말은 2시간 이상을 간다는 말이고 시간이 좀 걸릴 것이라면 2~3일은 걸린다는 말로 보면 좋단다. 이것은 이곳이 땅덩어리가 너무 커서 시간 개념도 넓어진다는 것을 알 수가 있다. 중국에서는 일주일 정도를 기차를 타고 여행을 해야 여행한다고 할 수 있을 정도란다. 한국 사람들로서는 상상하기 어려운 시간 개념이었다. 심양공항에서 다시 우리 일행은 밤 9시 15분 비행기를 타고 연길로 향하였다. 기내에서는 간단한 음료수가 제공되고 10시가 조금 넘어서 연길에 도착하니 여자 여행가이드가 나와 있었다. 그런데 연길의 호텔은 만원이어서 시내에서 조금 떨어진 한국인이 투자하여 운영하는 해란강 리조트호텔로 가겠다고 하면서 오히려 더 고급 호텔이라고 변명 아닌 변명을 한다. 하여튼 관광버스를 타고 어두운 밤길을 30분쯤 달려서 호텔에 도착하였다. 호텔의 홀이 한말로 너무 크지만 손님들이 없어서 썰렁하였다. 호텔방도 너무 커서 놀라웠다. 호텔방을 배정받고 첫날 중국에서의 밤을 보내게 되었다.

조선족이 세운 호텔

한국 현대차가 보인다

중국의 호텔

대부분의 사람들은 잠자리가 바뀌면 깊은 잠이 안 들고 아침 일찍 깨기 마련이다. 나도 비교적 일찍 잠이 깨었다. 정재연 연구원과 함께 식당으로 갔다. 식당도 널찍하고 크다. 이 호텔은 한국의 기업가가 투자한 호텔이라 그런지 종업원들은 전부 조선족들이었다. 호텔의 투숙객이 많지 않아서인지 식사하는 사람은 한 사람뿐이었고, 그리고 우리 두 사람이었다. 음식은 한국에서 먹는 것과 똑같아서 중국이라는 기분은 들지 않았다. 조금 있으니 우리 일행들이 하나 둘씩 들어와서 식사를 하였다. 식당의 창밖으로 내다보이는 골프장과 연못이랄까 호수가 한눈에 들어와서 이국적 맛이 풍겨오고 있어서 밖을 내다보면서 식사를 하는 분위기는 참으로 좋았다. 몇 년 전에 노르웨이 오슬로에서 국제균학회에 참석하고 베르겐(Bergen)으로 가면서 중간 기착지로 보스(Boss)에서 하루 묵은 적이 있었다. 오후 늦게 보스에 도착하여 숙소를 정하는데 이미 호텔은 방이 없었다. 겨우 약간 높은 언덕에 있는 곳에 겨우 숙소를 정하였다. 호텔 방에는 그 흔한 TV도 없지만 깔끔하고 정결하였다. 아침에 식당에 가니 손님들이 꽤 있었다. 나도 정 연구원 함께 접시에 음식을 담아가지고 창가에 앉았다. 창밖 저 멀리에 보스를 안고 있는 만년설의 산을 보면서 아침식사를 한 추억이 떠올랐다. 산 아래에 큰 호수가 있었는데 호수에서는 사람들이 수영을 하고 저 멀리 산에는 만년설이 정말 환상의 풍경이었다. 그때의 산 위의 만년설을 보면서, 오늘은 눈 아래에 펼쳐진 푸른 녹색을 보면서 지나간 추억이 대비되었다.

옹헤야

방으로 돌아와서 이제 백두산으로 출발할 차례다. 우리를 싣고 갈 관광차가 오고 기념으로 백두산 채집 플래카드를 들고 기념사진을 찍었다. 여자 가이드라 차 속의 분위기는 한결 부드러워졌다. 그도 그럴 것이 혈기 왕성한 젊은 사장들이고 여자라고는 정 연구원과 가이드뿐이니 재미있는 농담이 오고 갈 수밖에 없었다. 또한 가이드의 재치있고 애교 넘치는 안내로 즐거운 여행이 되었다. 중간에 한번 조선족이 운영하는 가게에서 쉬었다. 8시에 출발하여 백두산의 관문인 이도백하에는 12시가 조금 넘어서 도착하였다. 지금 이도백하는 하루하루가 다르게 변모하고 있었다. 고급 주택과 아파트가 들어서고 도로는 잘 포장되고 그야말로 현대적 도시로 변모하고 있었다. 우리 일행은 이도백하 외곽지역에 있는(백두산 가는 길목) 조선족이 운영하는 식당에 도착하니 한국 관광객을 태우고 온 관광버스로 혼잡을 이루고 있었다. 우리 일행을 맞을 점심 준비가 이미 잘 되어 있었다. 나는 중국에서 처음으로 상치를 먹을 수 있었는데 아주 깨끗하고 크고 좋았다. 노지에서 키운 것이라 조금 뻣뻣한 느낌이 있었다. 그리고 중국에서 처음으로 닭고기를 먹을 수 있었다. 맛있는 식사를 하고 밖으로 나와서 커피를 마셨는데 한국에서는 자판기 커피가 150원인데 여기서는 2300원으로 무척 비싼 가격이다. 조금 있으니 이미 연락한 왕바이가 왔다. 오늘 장백산 버섯채집을 안내하기 위해서 자전거를 타고 왔다. 반갑게 해후를 하고 왕바이가 자기가 분리한 균주를 가지고 와서 필요한 분들이 구매를 하였다. 일단 숙소인 백산호텔로 가서 짐을 풀고 왕바이의 안내에 따라 호텔 앞의 원시림에서 버섯채집을 하기로 하였다. 원시림으로 들어가기 위해서 왕바이가 그곳의 관리인들과 협상을 하는 시간이 꽤 걸렸다. 잣이 많이 나는 철이라 잣을 따지 않기로 하고 채집을 하였다. 날씨는 약간 흐리고 채집하기에는 좋은 날씨였지만 비가 오지 않아서 버섯 발생은 좋지 않았다. 대부분 자작나무로 된 숲으로 자작나무에 난 상황(Phellinus linteus), 비단그물버섯류가 주종을 이루고 있었다. 백두산 지역에서 발생하는 버섯들은 같은 종류라 하더라도 원색의 빛깔을 가진 것이 많다. 우리나라 같으면 사람이 지킬 필요가 없지만 이곳은 사람은 많고 하여 일거리를 만들어 주기 위해서 여러 사람을 배치하여 산불 예방 등을 하고 있었다. 가을로 접어드는 계절이어서인지 버섯은 발생량이 저조하였다. 그물버섯류, 목재부후균들이 주였다. 채집을 끝내고 숙소의 앞마당에서 채집하여 온 버섯들을 동정하였다. 여러 사람들이 채집하다 보니 표본은 상당하였다. 다만 백두산 버섯채집을 2번 할 예정이었으나 올림픽 이후 중국 당국이 여러 가지로 경비를 강화하는 바람에 채집에 어려움이 많았다. 그 외에 중국이 생물 다양성 보존에 국력을 쏟고 있어서 이번처럼 많은 사람들이 참여하는 백두산 버섯채집회 같은 행사는 앞으로 어려우리라 보며 이런 의미에서 이번 버섯 채집회는 뜻깊은 행사였다고 판단된다.

버섯채집회: 채집한 버섯의 동정

저녁에 식당으로 가서 식사를 하고 왕바이가 한국의 "옹헤야"를 멋들어지게 불러서 저녁식사의 흥을 한껏 돋우었다. 밤에는 이도백하의 노래방으로 가서 그동안의 피로를 풀기로 하였다. 노래방의 분위기는 역시 한국과 마찬가지여서 즐겁게 한국 노래를 부르면서 피로를 풀고 돌아와서 이틀째의 밤을 보내게 되었다. 말이 호텔이지 정말 허술하기 짝이 없었고 떠드는 사람, 문을 발로 차고 가는 사람이 있었는데 이것은 우리 부부를 시기해서 하는 행동 같았다. 우리도 떳떳하게 돈 다 내고 왔는데 괜히 심술을 부리는 사람들이 한국사람이다. 못 먹는 감 찔러 보겠다는 이런 식을 외국에 나와서 해야 할까. 그러니 제대로 잘 수가 없었다.

회원들과 백두산 정상에 오르다

오늘은 백두산(장백산)의 천지를 관광하기로 되어있다. 잠을 설쳤지만 잠은 일찍 깨었다.

나는 짐까지 들고 식당으로 와서 밥을 먹었다. 조선족이 운영하는 호텔이라 한국 사람들로 붐볐다. 사실 말이 호텔이지 한국의 모텔만도 못한 시설이다. 이 호텔 구내의 입구에 간이 술집이 있어서 밤이 되면 아마도 유흥가가 있는 이도백하까지는 멀고 하여 이곳에서 즐기도록 만든 곳이다. 우리 일행 중에도 어젯밤 이곳에서 술을 마신 분들이 있는지 아침에 그들과 친숙하게 이야기를 주고 받는 것을 볼 수 있었다. 또 모닝 커피도 팔고 있어서 아침부터 사람들이 상당히 있었다. 그래도 조선족이 운영하는 식당이라 향료가 적어서 요기를 할 수 있었다.

백두산 천지 기념 촬영

이제 관광버스를 타고 백두산으로 향하였다. 백두산 올라가는 한국의 무쏘 비슷한 차를 타고 천지로 올라가는 것이 정말 아찔할 정도다. 얼마나 거칠게 운전하는지 흔들리고 기우뚱하는 것이 장난이 아니었다. 바람이 몹시 불고 있어서 상당히 추웠다. 사실 나는 작년에 왔을 때 마지막으로 알고 천지를 구경하였는데 또 올 줄은 꿈에도 몰랐다. 나는 될 수 있는 대로 카메라 셔터를 많이 눌러 댔다. 앞으로 올 수 있는 기회는 거의 없으리라는 생각이 들었기 때문이다. 특히 작년에 날씨가 안 좋았는데 올해는 작년보다는 조금 나은 날씨였다. 정상에서 우리 일행은 단체사진을 찍고 나는 정 연구원을 중심으로 열심히 찍었다. 물론 주위 풍경도 많이 찍었다. 내려오면서 간이 화장실에 들렀는데 작년에 비하여 훨씬 깨끗하고 좋았다. 다시 차를 타고 내려와서 장백폭포를 구경하러 갔다. 역시 작년에 왔었기 때문에 눈에 익은 풍경이어서 감동이 적었다. 처음으로 유황 온천에 가서 온천욕을 하였다. 소위 노천 온천도 할 수 있도록 되어있어서 노천 온천도 하였다. 지금까지 온천은 세 번 왔지만 한 번도 목욕을 한 적은 없다. 목욕을 마치고 다들 온천물에 삶은 달걀을 사 먹고 있어서 온천 달걀을 사서 먹었다. 배도 출출하였으니 맛이 좋을 수밖에 없다. 장백산 관광을 마치고 우리가 타고 온 버스로 가는데 조선족 가게에서 인절미를 두들기면서 인절미를 만들고 있었는데 점심때를 맞춘 것 같았다. 버스를 타고 다시 어제 점심을 먹은 곳으로 와서 점심을 먹고 연길로 돌아오는데 이번에도 통행료를 내지 않는 샛길로 돌아와서 대주 호텔에 묵게 되었다. 거기서 전주에서 수학여행 온 모 고등학교 학생 여행단을 보고 깜짝 놀랐다. 물어보니 배를 타고 왔단다. 배만 타고 왔으니 여행의 대부분 시간을 배 타는 데 보내지 않았나 생각이 들었다.

북한의 유경식당

오늘 저녁은 북한이 운영하는 유경식당에서 하게 되었다. 이 식당이 여러 번 영업장소를 옮겼다고 한다. 처음에는 제법 큰 식당으로 운영했는데 지금은 보통의 식당처럼 운영하는 모양이다. 아마도 영업이 신통치 않았던 모양이다. 식당에 들어서니 마침 무대에서 북한 아가씨들이 노래를 부르고 있었다. 여기는 매일 식사 중에 서비스로 노래를 불러준다고 하는데 손님은 테이블마다 꽉 차 있었다. 우리도 예약된 좌석에 앉고 음식을 시켰는데 서빙 하는 아가씨는 북한의 대학생으로 현재 실습 중이라 하였다. 서빙 중간에 농담도 곧 잘하고 재치가 있었다. 나는 학생에게 공산당원인가 물었더니 아니란다. 당원은 아무나 되는 것이 아니란다. 그야말로 충성심, 봉사정신, 희생정신 등이 투철하여야 한다고 한다. 마치 영국의 귀족들처럼 국가, 사회의 어려움이 있을 때는 솔선수범해야 하는 정신을 가진 사람이어야 하는 것으로 해석되었다. 마침 진균연구소의 최기성 소장도 오고, 한국에서 버섯사업을 하던 최모 씨도 오고 하여 화기애애한 분위기였다. 북한음식이라 나는 많은 호기심을 가질 수밖에 없었다. 모든 음식은 담백한 편이고 잡채도 간편하게 해서 당면 색이 하얀 그대로였다. 한국의 잡채는 양념을 많이 하여 거의 검은 색인데 여기는 당면 색 그대로다. 녹두부침도 녹두의 노란 색이어서 군침이 돌았다. 한국의 녹두부침은 여러 가지 재료가 들어가서 노릇노릇한 것이 없는데 말이다. 식사 중에 송이 술이 나왔는데 약간 송이 냄새가 날 뿐이었다.

송이 수집소와 성병 치료소

기상하여 나는 호텔 주위를 둘러 보았다. 실상 2001년도에 김수철 교수(연변농학원교수)와 이도백하에서 버스를 타고 이곳에서 내려서 승합 버스로 훈춘까지 갔던 기억이 난다. 또 방천에서 돌아와 용정으로 갈 때도 이곳에서 식사를 했던 곳인데 그 식당은 보이지 않았다. 호텔 주위인데도 성병에 관한 간판이 붙어 있었다. 역시 성 문제는 한국이나 중국이 별반 다를 것이 없지 않나 생각되었다. 오히려 번화한 곳에서 이런 간판을 보니 중국인들의 배짱을 보는 것 같았다. 또 송이버섯 수집소 간판도 눈에 들어온다.

성병 치료소

송이 수집상회

오늘은 도문, 훈춘을 거쳐 방천을 가는 날이다. 연길을 출발하여 고속도로를 이용해서 도문까지 갔다. 2001년도에 고속도로 공사가 한창 진행 중이었는데 이제는 개통하여 이용하고 있는 것이다. 그러나 도로는 비교적 한산하였다. 안내원의 설명이 끊임없이 있었는데 나는 이곳의 조선족들이 북한에 대해서 너무 깔보고 멸시한다는 생각이 들어서 마음이 편치 않았다. 나도 별로 북한을 좋아하지 않는 사람이다. 그것은 우리의 가족사가 너무나 철저하게 그들에게 유린당하였기 때문이다. 나의 고향은 북한의 황해도 황주 그리고 대동강 가에 맞닿는 흑교면이다. 나의 어머니는 늘 거문다리(黑橋)를 이야기하곤 하였다. 나의 집은 지주 계급이어서 해방과 더불어 공산당 정권하에 부르주아 계급으로 몰려서 제일 먼저 이주를 하게 되었다. 우리의 모든 재산을 몰수당하고 달랑 이불, 솥단지를 가지고 어린 자식들을 거느리고 이주를 한다는 것은 얼마나 슬픈 일이었을까. 차가 있는 것도 아니고 그렇다고 기차가 있는 것도 아니고 그렇다고 친척이 기다리는 것도 아닌 곳으로. 겨우겨우 도착한 곳이 송화군 풍천면이라는 곳이다. 거기에는 공산당에서 마련하여 준 허름한 쓰러져가는 오막살이를 제공받았다. 그 후 1.4 후퇴 때에 우리 집은 군산으로 피난을 온 것이다. 사실 나는 이 모든 것을 들어서 알 뿐 기억나는 것은 거의 없다. 그래서 북한에 대한 감정이 좋을 리 만무하다. 거기다 학교에서는 무조건 빨갱이 공산당이라는 말만 들었고 사람을 죽인다는 교육을 받아온 내가 아닌가. 그러나 연변의 조선족들이 북한 사람을 무시하고 깔보고 하는 생각에 슬픔과 아픔이 섞여 나오는 것은 무슨 까닭일까. 아직 북한에 남아 있는 나의 형님, 누나가 있어서인지 모른다. 아마 지금은 반공주의자로 다 죽었을 가능성이 높지만 그래도 한 가닥 실낱같은 희망을 가져보기도 한다.

고속도로는 도문까지 건설되어 있었다. 다시 일반국도로 달리기 시작하였는데 다리, 도로 포장공사 등이 곳곳에서 이루어지고 있었다. 훈춘으로 가는 도중 훈춘 근처에서 잠깐 정차하였는데 아이스크림을 먹었다. 한국과 별 차이가 없었다. 다시 우리 차는 방천으로 달렸다. 몇 년 전에 택시로 김수철 교수(연변대 농학원)와 달리던 생각이 났고, 그때나 도로는 비슷하였다. 방천은 중국, 러시아, 북한이 만나는 삼각지대로 한족들도 많이 관광 오는 곳으로 오늘도 한족들이 시끌벅적하다. 몇 년 전에 비하여 전망대도 조금 바뀌었다. 무엇보다 러시아와 북한을 이어주는 다리 근처에 있던 북한의 철도 역사가 없고 기념물 같은 건물 하나만이 있어서 세월의 변화를 느낄 수 있었다. 러시아 쪽의 철망은 그대로 처져 있었다. 두만강 건너 북한 땅은 벌거벗은 산으로 되었고 개미 한 마리 움직임이 없는 것 같았다.

관광을 마치고 훈춘으로 와서 점심을 먹었는데 음식은 먹을 만하였다. 점심을 먹고 표고 재배농장으로 갔다. 상당히 규모가 큰 농장으로 조선족이 부사장으로 일하고 있었고 사장은 젊은 사람으로

버섯 분별작업

복건성에서도 사업을 한다고 한다. 조선족을 부사장으로 앉힌 것은 한국과의 교역을 위해서인 것 같았다. 실제 강원도의 모 지자체에 봉지표고를 상당량 수출하였다고 한다. 군수가 직접 이곳까지 와서 견학을 하고 주문을 하였다고 한다. 그 이유는 이곳의 가격이 싸기 때문이다. 봉지표고 재배가 한국에서 실패하는 이유에 대해서 나름대로 설명도 하였다. 농장견학을 마치고 연길로 돌아왔다. 발 마사지를 받았는데 나는 아파서 혼났다. 오늘은 심양으로 다시 가야 하는 날이다. 저녁에는 한국에서 사업차 온(지난번 유경식당에서 만났던) 분이 송이버섯을 가지고 와서 식당에서 송이버섯을 마음껏 먹을 수 있었다.

연길의 진달래 광장

저녁을 먹고 진달래 광장으로 갔다. 사실 나는 이런 광장이 있는 줄은 이번에 처음 알았다. 늦은 저녁인데도 광장 한편에 마련된 옥외 노래방이 있어서 자유스럽게 노래 부르고 춤추는 것이 매우 인상적이었다. 물론 그 주위로는 포장마차 같은 음식점이 즐비하였다. 여러 음식을 팔고 있어서 깊어가는 여름밤을 즐기고 있었다. 이렇게 큰 광장의 화장실은 정말 너무너무 더러웠다. 공항으로 가기 전에 짝퉁 가게를 갔다. 가게는 불법으로 하기 때문에 일반 가정집에서 한국 사람들을 상대로 장사를 하고 있었다. 한국 사람들이 얼마나 명품을 좋아하는가를 보여주는 것이어서 마음은 씁쓸하였다.

짝퉁 가게를 구경하고 공항으로 향하는 차 속에서 가이드가 CD를 판매하는데 그것을 팔아야 회사에 어쩌고저쩌고하는데 조선족들이 멀리 보지 않고 근시안적으로 보는 데서 오는 관광전략이다. 그런 상술은 그들이 우리를 마지막으로 만나는 것을 알고 하는 것이다. 또 한국 관광객들의 조선족에 대한 연민의 정이랄까 하는 것이 맞아떨어져 그런 것을 팔아주는 우리네 인심이 어우러지는 순간이다. 연길공항에서 비행기를 타고 심양으로 오니 저번의 남자가이드가 마중 나와 있었다.

청나라의 황제 무덤인 북릉

아침에 일어나서 호텔 주위를 보니 상당히 번잡한 거리다. 역시 심양은 동북지방에서는 정치, 문화, 교통의 중심지라는 것을 알 수 있었다. 오전은 관광하고 오후에 공항으로 이동할 예정이다. 레스토랑도 크고 손님들이 많았다. 아침을 먹고 우선 북릉을 향하여 출발하였다. 북릉은 만주족이 명나라를 멸망시키고 세운 청나라의 2대 황제 홍타이지의 능으로 흔히 북릉이라 부른다. 북릉의 광장에는 벌써 많은 사람들이 모여서 입장하고 있었다. 우리 일행도 출입문을 통과하여 관광을 하였는데 그 크기에 압도당할 정도다. 오래전에 북경 천안문의 자금성에 갔을 때 똑같은 건물을 지나고 지나도 계속되어서 오히려 관광이라기보다 지루한 느낌을 받은 적이 생각났다. 여기도 그 크기는 놀라울 정도다. 능까지 가는 카트차가 있었지만 우리 일행은 걸어가면서 구경하였다. 나는 버섯 모양의 조형물에 관심이 갔다. 왜 하필이면 버섯 조형물인가.

심양은 중국 동북(만주)지방에서 가장 큰 도시이며, 중국 전체에서도 가장 큰 공업 중심지 가운데 하나이다. 10세기까지는 거란족이 세운 요나라의 중요한 국경 마을이었다. 남만주는 여진족(金)에게 점령당했다가 몽골족에게 점령당했다. 그후 17세기 초 만주족이 청(淸)나라를 세워 만주 전역을 지배했으며, 선양을 수도로 삼았다. 북릉(北陵)에 있는 청조 초기 황제들의 무덤은 중국에서 가장 유명한 사적지 중 하나로 꼽힌다. 북릉은 심양의 북쪽 숲에 위치한 청조 2대(代) 황제인 태종과 그의 황후가 잠들어 있는 능이다. 언덕과 그 산기슭 전체가 공원으로 되어있어 한여름에는 녹음이 아름답다. 봄, 가을에 걸쳐서 휴식을 취하는 사람들의 모습이 끊이지 않는 공원이다.

황제릉(무덤의 중앙에 나무가 나 있다)

정문

셔틀버스

고목에 난 목재부후균

문화재 복원작업을 하고 있었는데 안내인의 말에 의하면 복원작업을 서두르지는 않는다고 하며 또 완벽하게 잘하려고도 하지 않는다고 한다. 너무 빨리 공사가 끝나면 일거리가 줄어들고 어느 정도 부실하게 공사를 해야 몇 년 후에 다시 작업을 하게 함으로써 일거리를 만들 수 있기 때문이라고 하는 말을 들으면서 중국의 부패가 어느 정도인가를 실감할 수 있는 것 같았다. 북릉 한가운데에는 커다란 나무가 자라고 있어서 어떻게 보면 무덤다운 느낌이 별로 가지 않았지만 굉장히 컸다. 만주족들은 한번 능을 만들면 무덤을 돌보지 않는다. 그래서 나무가 자라도 그대로 두었기 때문이라고 한다. 어마어마한 능을 구경하고 나왔다. 구경을 끝내고 밖으로 나올 때는 카트 차를 타고 나왔다.

조형물

만주족의 유물을 고스란히 간직한 박물관

이번에는 박물관으로 갔다. 어찌 보면 만주 벌판의 인류 유적사를 보는 듯한 느낌이었다. 고구려, 거란족, 여진족의 문화 유적 등이 잘 전시되어 있었다. 하여튼 만족 벌판에서 일어났던 여러 민족들의 흥망성쇠의 모든 것이 고대에서 현대까지 전시되어 있어서 한국 사람들도 한 번쯤 구경할 만하다고 생각되었다. 왜냐하면 한국의 흥망성쇠가 만주 벌판에서 새로운 국가가 건설되고 망하는 것이 한반도의 국가 운명에 많은 영향을 주었기 때문이다. 가까운 근대사를 보더라도 청나라가 망할 무렵에 조선도 일본에 합병되는 쓰라린 과거가 있지 않은가. 거슬러 올라가 보면 당나라가 망하고 원나라가 들어서면서 한반도의 신라도 멸망하고 고려가 들어섰고 원나라가 망하고 명나라가 건국하면서 고려도 멸망하고 조선이 개국하지 않았는가. 지나간 역사의 뒤안길에서 나는 한없는 우리 민족의 수난사가 어찌 보면 이 만주 벌판의 중심지인 심양에서 시작되지 않았을까를 생각하니 가슴을 저며오는 아픔이 있었다.

기념품 가게에서 나는 베이징 올림픽 기념품을 하나 샀다. 한정 품으로 만든 것이라고 한다. 이제 점심 먹으러 갈 차례다. 점심은 심양 속의 코리아타운 서탑 가에서 하게 되었다. 이 거리는 온통 우리 한국 사람들이 주로 살고 가게를 열고 생활하는 곳이다. 간판도 거의 한글로 되어있었다. 사실은 근처의 유명한 만둣가게로 가서 만두를 점심으로 할 예정이었지만 가이드가 이곳에서 식사를 하고 그 대신 다른 것으로 대체를 하자고 제안하였다. 한인 가게에서 점심 식사를 하고 뒷골목 빌딩에서 짝퉁 가게를 구경하였다. 이곳은 어제 보았던 연길의 짝퉁 가게와 비슷하였다. 다만 가게가 큰 건물에 자리하고 있었다. 짝퉁 가게를 둘러보고 발 마사지를 받으러 갔다. 번듯한 대로변에 위치하고 있어서 이곳에서는 발 마사지가 번성하고 있음을 알 수 있었다. 발 마사지는 여자 손님은 남자가 남자손님은 여자가 하여 주는데 사실 나는 별로 발 마사지를 받고 싶지 않았다. 그러나 여행 스케줄에 포함된 것이어서 내키지 않았지만 발 마사지를 받았다.

요녕성 박물관

단체 관광을 하고 나면 기분이 찝찝하다

나는 단체로 하는 패키지여행이 두 번째인데 여행사들이 많은 반성을 해야 한다고 느꼈다. 패키지 여행을 할 때 현지 가이드들이 여행상품대로 하는 것이 아니라 도중에 이런 핑계 저런 핑계로 상품을 바꾸는 것이다. 여행상품대로 하는 것이 아니라 중간에 다른 스케줄로 바꾸어서 여행상품하고는 다르게 진행시켜서 기분이 안 좋았다. 처음 태국 파타야에 갔을 때도 한국인 가이드가 여러 핑계로 스케줄대로 안 하여 싸우고 상품의 일부를 환불받는 사태까지 있었고 이번에도 연길의 여자 가이드는 말도 안 되는 말로 물건을 팔고 멋대로 스케줄을 바꾸고 하여 기분이 썩 좋지 않았다. 같이 간 정 연구원이 검은깨를 샀는데 한국에 와서 보니 흰깨여서 기분이 엉망이 되었다. 한국 여행객들도 같은 동포라 불쌍하게 생각하여 너무 관대한 것 같았다. 그러나 이런 호의적 행동이 한국 여행상품의 부정적 요소로 작용한다는 것을 인식해야 한다. 우리 민족이 공과 사를 구분 못 하고 좋은 것이 좋다는 식으로 하는 것은 다른 여행객들에게 엄청난 피해를 주고 있다는 것을 알아야 할 것이다. 지금은 괜찮겠지만 먼 장래에는 이곳 여행가이드나 여행사에 손해를 가져온다는 사실을 모른다는 것이 안타까울 뿐이다.

1990년 초에 국제균학회에 참석하고 한국으로 오게 되었다. 독일의 레겐스부르그에서 독일 관광단과 함께 파리로 관광버스를 타고 여행한 적이 있었다. 그때의 독일 가이드는 가능한 싼 요금으로 유명한 많은 것을 보여주려고 애쓰는 모습이 인상 깊었다. 예를 들면 돈을 받는 곳은 피하고 무료인 곳을 찾아가는 것이다. 몽마르트르 언덕을 가는데 밑에서 엘리베이터로 올라갈 수 있고 계단을 밟고 올라갈 수 있는데 우리 부부가 엘리베이터를 타려니 걸어 올라가라고 한다. 물론 아주 늙은 독일 노부부는 엘리베이터를 타고 올라갔다. 가이드는 젊은 사람들은 엘리베이터 타는 요금을 절약하라는 것이다. 과연 한국의 가이드라면 어떻게 했을까가 궁금하여진다.

공항으로 가는 도중 여행사에서 빨리 관광버스를 공항으로 오라는 호출이 있는지 너무 난폭하게 운전하여 신경이 너무 쓰였다. 무사히 공항에 도착하여 출국수속을 마치고 오후 4시 50분에 심양국제공항을 이륙하여 인천국제공항에는 저녁 8시가 못 되어 도착하였다.

06

우리 민족 영혼의 땅

천지

백두산

백두산의 아날로그 버섯 탐험을 끝내면서

백두산은 앞으로 100년 안에는 폭발할 것이라는 것이 학자들의 주장이다. 백두산의 화산이 폭발한다면 지금까지 지구상에서 경험하지 못했던 대폭발이 될 것이다. 폭발이 일어난다면 이 지역의 모든 생물은 다 사라지게 된다. 그러므로 다른 생물은 물론 버섯도 탐사하여 기록으로 남겨 놓는 것은 다음에 오는 후손들에게 우리가 하여야 의무이다.

이제 나와 정 연구원은 지금까지 모은 자료를 토대로 백두산의 버섯도감을 만드는 것이다. 확인된 버섯의 종류가 1,300여 종, 사진이 5,000장, 아직 확인 안 된 종류, 사진을 어떻게 가공하느냐가 나에게 주어진 업무다. 이런 방대한 작업을 하려는 출판사를 섭외하기가 어렵다. 다행히도 한국학술정보 출판사의 도움으로 백두산의 버섯도감 1, 2권이 출판되었다. 이것은 후대에 연구자료로써 남겨지게 되었다.

필자는 한국학술정보 출판사에 무한한 고마움과 감사를 드린다.